D1872409

GABOR VON VASZARY

DAS FEIGENBLATT IST AB

ERLESENE PLAUDEREIEN ÜBER DIE LIEBE

Mit 21 Illustrationen
des Autors

PAUL ZSOLNAY VERLAG
WIEN · HAMBURG

Berechtigte Übersetzung aus dem Ungarischen von
Marianne Hunziker

Alle Rechte vorbehalten
©Paul Zsolnay Verlag Gesellschaft m. b. H., Wien/Hamburg
und Ferenczy Verlag A. G., Zürich 1984
Umschlag und Einband: Maria Blazejovsky
Fotosatz: Haselsteiner, Wien
Druck: Ferdinand Berger, Horn
Bindung: Hermann Scheibe, Wien
Printed in Austria
ISBN 3-552-03610-5

CIP-Kurztitelaufnahme der Deutschen Bibliothek
Vaszary, Gabor von:
Das Feigenblatt ist ab: erlesene Plaudereien
über d. Liebe/Gabor von Vaszary. [berecht. Übers.
aus d. Ungar. von Marianne Hunzinker].-Wien;
Hamburg: Zsolnay, 1984.
ISBN 3-552-03610-5

DAS FEIGENBLATT IST AB

ES WAR EINMAL

Man soll bloß darüber staunen, daß man noch staunen kann.

La Rochefoucauld

Anfang dieses Jahrhunderts gab es in aller Welt noch Jungfrauen. Und was für Jungfrauen – allmächtiger Gott! Rassige, schlanke Gestalten mit frischem, flaumigen Teint, und schönen, unschuldsvoll strahlenden Augen. Ihr lockiges, schimmerndes Haar duftete nach Maiglöckchen.

Ja, sie waren der Frühling selbst: blond wie die Weizenähre, braun wie die Kastanie oder Haselnuß, rabenschwarz oder mit dunklem, bläulich schillerndem Haar. Zauberhafte Geschöpfe, Charme und Sanftmut vereint.

In Sommernächten, wenn der Himmel mit blitzenden Sternen übersät war und die Grillen zirpten wie verrückt, träumten sie von Liebe. An Sonntagen, wenn die Glocke rief, gingen sie in raschelnden, langen Röcken zur Kirche; sie strömten den Wohlgeruch eines gepflegten Mädchenkörpers aus.

In behandschuhten Händchen hielten sie kostbar gebundene, stets im Etui aufbewahrte Gebetbücher, in denen spitzenumrandete Heiligenbilder ruhten, die von längst verstorbenen Großmüttern stammten, denen auf stillen Friedhöfen der Besuch nach der Messe galt und für die man betete.

Damals weilte Gott noch in den Herzen der Mädchen. Sie liebten Blumen und Vögel und äugten hinter seidenen Fächern in die Welt hinaus. Am Abend spielten sie Klavier, und wenn die Nacht durch die Fenstervorhänge lugte, lasen sie Gedichte.

Du bist wie eine Blume
So hold und schön und rein;
Ich schau dich an, und Wehmut
Schleicht mir ins Herz hinein.

In viktorianischen Zeiten zogen Mütter ihre Töchter vor der Brautnacht einen Augenblick zur Seite und flüsterten der Unerfahrenen hastig ins Ohr, was jetzt mit ihr passieren würde; denn die Mädchen hatten von nichts eine Ahnung. „Mein Kind, wenn ES geschehen muß, mach' die Augen zu und denke an England."

Um Gefühle hat sich damals niemand gekümmert. Es ging nicht um Liebe, wenn ein Mädchen heiratete. „Du wirst ihn schon liebgewinnen", beruhigte man sie.

Über das sexuelle Leben äußerten sich die Damen damals untereinander abfällig. „Typisch für die Männer, daß sie an so etwas Abscheulichem Vergnügen finden."

Es gab Jungfrauen, die glaubten, nach einem langen, zärtlichen Kuß ein Kind durch den Nabel auf die Welt zu bringen. So rein gingen die Mädchen in die Ehe.

Vor dem ersten Weltkrieg konnte man noch den liebreizenden Gang, die graziösen Bewegungen unberührter junger Mädchen bewundern; die Unschuld in ihren Augen sehen. Es waren entzückende Geschöpfe, ruhig und sanft.

Herrgott im Himmel, jetzt ruhen sie längst auf Friedhöfen, und wenn es sie noch gibt, dann warten sie täglich auf ihr Ende.

Darüber unterhielt ich mich mit einem alten Freund aus Paris, der in seiner Jugend ein bekannter Schürzenjäger war, jetzt aber, über siebzig Jahre alt, im Ruhestand lebt.

Wir saßen im Cafe Esplanade; er trank in kleinen Schlucken seinen Pernod und rauchte dazu eine lange dunkle Brasil. (Da ich mir erst vor einer Woche das Rauchen abgewöhnt hatte, fand ich sein Benehmen abstoßend).

Nun, wie gesagt: früher wurde nicht aus Liebe geheiratet. Zur Trauung trugen die Mädchen das weiße Brautkleid und den Myrthenkranz im Haar. Die Kirche war festlich mit Blumen geschmückt, und Mutter tupfte sich mit dem Spitzentaschentuch die Tränen der Rührung vom Gesicht, während Vater sich verlegen räusperte.

In der Hochzeitsnacht kniete die junge Frau mit gesenktem Kopf vor dem Bett nieder, die Hände zum lautlosen Gebet gefaltet.

„Was soll das?“ fragte wohl der Mann.

„Mein Abendgebet . . . “

Wenn sie danach verschämt ins Bett stieg, fiel er wie ein Tier über sie her.

„Jesus Maria!“ schrie sie markerschütternd auf und wehrte sich zappelnd mit Händen und Füßen. Oft flüchtete die junge Frau in solch grauenvoller Nacht mit zerzaustem Haar und heftig pochendem Herzen die dunklen Straßen entlang, um atemlos und tränenerstickt zu ihrer Mutter zurückzukehren ...

„Jungfrauen gibt's nicht mehr“, sagte mein alter Freund. „Sie sind heutzutage eine Rarität wie die blaue Mauritius. Selbst Herrscherhäuser haben es aufgegeben, diesbezügliche Forderungen zu stellen.

Der Wert des Hymen schwankte mit dem Lebensalter des Weibes und unterlag schließlich der größten Inflation der Welt.

Die Unschuld einer Sechzehnjährigen wäre die schönste Tugend – wenn es sie gäbe. Eine Achtzehnjährige ginge nicht mit der Zeit, wäre sie noch unschuldig. An die Unberührtheit eines zwanzigjährigen Mädchens glaubt man schwerer als an das Leben nach dem Tod, und gäbe es über diesem Alter im Lande noch eine Jungfrau, so würde sie als Sehenswürdigkeit den Touristen gezeigt.

Ich bin sogar bereit zu glauben, daß bald kein Mädchen mehr unberührt zur Welt kommen wird.“

„Manche Männer finden die Unschuld eines Mädchens eher unangenehm, ja sie muß ihren Freund beruhigen: ‚Keine Sorge, ich bin nicht mehr unschuldig!‘ “

„Moment“, sagte der Alte. „Ich habe dreimal geheiratet, habe zwei Söhne und eine Tochter. Für meine Kinder habe ich alles getan, um sie anständig zu erziehen. Keiner meiner Söhne hat einen Menschen getötet oder eine Bank ausgeraubt, und meine Tochter hat nicht herumgeludert. Mehr verlange ich nicht von meinen Kindern. Ich bin sogar stolz auf sie.

Jetz lebe ich allein und habe, gottlob, mit diesen Weibsstücken von heute nichts mehr zu tun. Sie laufen alle wie Schreckgespenster herum, mit langen, schlampigen, ungewaschenen Haaren, und stecken in ihren engsitzenden, dreckigen, fleckigen und ausgefransten graublauen Hosen; die Farbe ähnelt der des Himmels, wenn ein Gewitter aufzieht und man rasch die Fenster schließt. Sie passen großartig in unsere Welt, in der sogar Luft und Wasser total verschmutzt sind."

„Wissen Sie, warum? Weil millionenfach Reinigungsmittel hergestellt werden. Aber eine Waschmaschine für die Seele hat noch keiner erfunden."

„Diese Hosenmädchen tun alles, um noch unappetitlicher auszusehen. Sie kauen kotfarbenen Kaugummi, den sie von Zeit zu Zeit zwischen den Lippen hervorschieben. Ich möchte einmal so glücklich sein wie unsere Großväter es einst waren. Man sprach weder von Krebs, noch von Herzinfarkt. Damals hatte die Welt ein anderes Gesicht."

„Können Sie sich ein anständiges Mädchen in Hosen vorstellen?"

„Ich habe nichts gegen Hosen, obwohl ich nicht verstehe, warum eine Frau ihr Hinterteil derart ins Schaufenster stellt. Übrigens spreche ich von Hosen nur allegorisch, und meine damit die motorisierte Liebe, die schnell kommt und wieder vergeht, so schnell wie ein sommerliches Gewitter vorüberzieht.

Frauen in schönen Kleidern haben schöne Gedanken. Wer sich im Schmutz wohlfühlt, hat eine schmutzige Seele. Mir ist es einmal gelungen, eine Frau allein durch schöne Kleider zu verbessern."

„Dem amerikanischen Seelenforscher Professor Righter ist es gelungen, die schlechten Charaktere des Menschen zu korrigieren."

„Wenn nur die Mädchen in Hosen auch charakterlich bloß den Jungens gleichen, aber sie sind noch schlimmer geworden. Im Weltkrieg haben weibliche Soldaten in den Balkanländern die Gefangenen so entsetzlich verstümmelt, bevor sie getötet wurden, daß Druckerschwärze diese Scheußlichkeiten nicht wiedergeben könnte. Wären die Frauen jedoch in schöne Kleider gehüllt gewesen, dann hätten sie mit den Gefangenen getanzt, hätten sie mit Küssen erobert und wären mit ihnen ins Bett gegangen.

Welche Aussichten haben wir nun für die nahe Zukunft? Bei der Kriminalität junger Mädchen zeigen die Statistiken aus den Jahren 1965 bis 1973 in Amerika eine stets steigende Tendenz. Diebstahl: 139 %. Einbruch: 131 %. Betrügereien: 136 %. Urkundenfälschung: 79 %. Sittliche Delikte: 30 %. Schwere körperliche Mißhandlungen: 79 %. Raubüberfälle: 187 %. Betrunkenheit am Steuer: 211 %. Drogenmißbrauch: 1032 %. Und Mord: 61 %."

„Zu allen Zeiten haben Wellen der Unmoral die Welt überrollt. Sie werden auch wieder verebben. Karl VII. von Frankreich sagte zu seiner Favoritin, Agnes Sorel: ‚Ich möchte gern in Ihr Herz sehen.' Daraufhin entblößte sie ihre linke Brust, um seiner Majestät den Blick in ihr Herz etwas zu erleichtern. Die Hofdamen taten daraufhin alle dasselbe; sie gingen sogar mit freiem Busen zur Beichte.

Dann kamen Zeiten, in denen die Weiber für ihre entblößten Busen bestraft wurden. Je nach deren Dimension, denn je größer die Brüste, desto größer auch ihre schädliche Wirkung. Bald aber kam eine so hochmoralische Welle, daß die Frauen nicht einmal mehr ihre Knöchel zeigen durften. Mozart entrüstete sich über seine Braut: Sie hatte sich von ihrem Cousin den Schnürsenkel binden lassen."

„*Nihil novi sub sole.* Nichts Neues unter der Sonne, sagte Rabbi Akiba, aber seine Aussage ist auch nicht neu und stammt eigentlich vom Salomon. Selbst Gott erschuf nichts Neues, sagen die Franzosen, denn schon in der Heiligen Schrift steht ja: „Lasset uns Menschen machen, die unserem Bilde ähnlich sind."

„Das ist auch nichts Neues. Habe ich schon mehrmals gehört."

„Anno dazumal heiratete ich meine erste Liebe. Doch kaum waren wir verheiratet, prahlte sie in Gesellschaft, sie habe schon drei Männer glücklich gemacht. Ich liebte sie sehr, aber meine gesellschaftliche Position zwang mich zur Scheidung. Warum hat sie mich grundlos lächerlich gemacht? Sie hat danach nie wieder geheiratet und lebte allein und zurückgezogen.

Strindberg hatte recht, als er sagte: *Das Weib ist ein komisches, kleines Tier, das man nicht ernst nehmen darf.*"

„Strindberg war ein Zyniker!"

„Ein Freund erzählte mir von seiner Frau, die ihn wochenlang wegen eines Paars Schuhen quälte, mit der Behauptung, sie könne sich nicht mehr auf der Straße sehen lassen. Als er schließlich nachgab, ging sie glückstrahlend in die Stadt und kam mit einem neuen Hut zurück. Was sagen Sie dazu?"

„Wenn eine Frau nicht die passenden Schuhe findet, soll sie dann etwa das mit vielen Tränen ihrem Mann abgerungene Geld zurückgeben? Wissen Sie nicht, daß eine Frau sich alles im Leben mühsam erkämpfen muß?

Wenn das Schicksal jemand in die Fremde verschlägt, lernt er dort die Sprache des betreffenden Landes, seine Sitten und Bräuche kennen, um sich ihnen anzupassen. Ähnlich ist es, wenn ein Mann sich einer Frau nähert, denn der Unterschied zwischen Männern und Frauen ist größer als der zwischen Feuer und Wasser. Und doch müssen sie zusammenleben und ihre grundverschiedenen Auffassungen irgendwie koordinieren.

Ich habe einmal im Reader's Digest eine Geschichte gelesen: Irgendwo auf einem kleinen Schiff waren die Mahlzeiten absonderlicherweise zu folgenden Zeiten festgesetzt: Frühstück um 7 Uhr, Mittagessen um 11 Uhr, Abendbrot um 5 Uhr. Da diese Zeiten vom Syndikat vorgeschrieben waren, protestierten die empörten Passagiere vergeblich dagegen. Endlich fiel einem Reisenden die Lösung ein: ‚Stellen wir alle unsere Uhren um zwei Stunden vor. Es wird nur am ersten Tag etwas ungewohnt sein, dann aber können wir nach unserem Wunsch leben: Um 9 Uhr Frühstück, um 13 Uhr Mittagessen und um 19 Uhr Abendbrot.'

Alle folgtem diesem Rat und waren seither zufrieden. Genauso müßten Männer mit ihren Frauen umgehen. Wenn wir sie verstehen wollen, müssen wir auf all das eingehen, womit sie sich im Leben befassen."

„Der Frauen wegen werden wir unser Leben doch nicht umkrempeln!"

„Ich merke schon seit langem, daß Sie es mit den Frauen nicht gut meinen."

„Erst im fünfzehnten Jahrhundert wurde auf dem Konzil von Macon anerkannt, daß auch das Weib eine Seele habe. Viele waren auch damals noch dagegen."

„Wir leben doch nicht im fünfzehnten Jahrhundert. Übrigens mißbrauchten die Männer schon immer ihre Männlichkeit, um die Frauen zugrunde zu richten."

„Die Männer sind ehrlos, weil die Frauen so leicht zu bekommen sind, sagte Maupassant."

„Es gab Zeiten, da Witwen nach dem Tod ihres Mannes lebendig verbrannt wurden, um ihm ins Jenseits folgen zu können."

„Sie wurden dadurch gleichzeitig bestraft."

„Zu anderen Zeiten hat man sie wie Tiere verkauft."

„Heute verkauft das Weib sich selbst. Wenn man sich früher mehrere Frauen hielt, so wurde damit ihre Bedeutungslosigkeit betont. Gott hat den Mann für die Vielweiberei geschaffen. Haben Sie nicht von Salomon gelesen? Gott gab ihm siebenhundert Weiber und dreihundert Konkubinen. Das war ein Leben, was?"

„Seitdem ist der Himmel renoviert worden. Die Zeiten des Alten Testaments sind vorüber."

„Einst lebten Mann und Frau ohne Skandal zusammen, um Kinder in die Welt zu setzen, da Gott die Menschen schuf, damit sie sich vermehrten, und nicht, damit sie aneinander Genuß fänden. Ein Mann sollte seine sexuellen Bedürfnisse normalerweise rasch hinter sich bringen. Obwohl auch früher die Verheirateten sich häufig nicht verstanden, gab es keine Scheidung und damit auch keine Liebestragödien. Keiner wollte den anderen umbringen.

Die Sexologen sind die Apostel des Bösen. Was der Mensch instinktiv über Sex weiß, ist genug. Sollte man etwa einen Sex-Service einrichten, bei dem man nur anzurufen braucht? ‚Hallo! . . . Sex-Service? . . . Ich habe geheiratet und weiß nicht, was ich mit meiner Frau anfangen soll . . . Ich bitte dringend um Hilfe . . . Das Weib liegt schon im Bett . . . Kommen Sie mit einem Vorführer her. Man sagt, die seien selbstlose Menschen . . . Übrigens, wieviel wird das kosten?‘

Zweifelsohne betrogen auch früher die Männer gelegentlich ihre Frauen. Aber das Wort ‚Geliebte‘ war ein unbekannter Begriff. Sie gingen in ein Bordell, wobei sie nur aufpassen mußten, dort nicht mit ihren erwachsenen Söhnen zusammenzutreffen.“

„Mein lieber Freund, Sie waren bereits dreimal verheiratet und haben noch nicht bemerkt, daß beim Zusammenleben immer die Frau nachgeben muß?“

„Ob ich das nicht bemerkt habe? Irgendein einfältiger Mensch hat einmal die Frauen als das schwache Geschlecht bezeichnet. Man weiß zwar nicht, wer das gesagt hat; aber eines steht fest: es war kein Ehemann, sondern irgendein vertrottelter Theoretiker, dem jeder vernünftige Mensch in weitem Bogen ausweichen sollte. Die Schwäche der Frau ist ihre Stärke.“

„Richtig. *Einfach herrlich ist es, wie man sich mit den Weibern amüsieren kann; vorausgesetzt, daß es nicht immer dieselben sind,* sagte Camus. Es gibt Gauner, die auf der Weiberjagd ihren Ehering in die Tasche stecken, in der Absicht, schuldlose

Frauen ins Unglück zu stoßen. Man sollte ihnen den Ehering auf den Finger tätowieren."

„Es gibt Frauen, die ihre Kinder verleugnen."

„Es genügt nicht, aus einer angesehenen Familie zu stammen und nichts mit der Polizei zu tun zu haben. Es geht vielmehr um Sünden, für die noch keiner bestraft würde. Hinsichtlich der Liebe ist nach den Staatsgesetzen nur die Verführung Minderjähriger strafbar. Wenn Verführte in ihrer Verzweiflung den Tod suchen, wird der Mörder nicht zur Verantwortung gezogen."

„Haben Sie das auf mich gemünzt?"

„Ich habe Sie immer für einen Gentleman gehalten."

„Ich habe die Frauen nicht verführt. Ich habe sie erhört. Mein halbes Vermögen ist dabei draufgegangen."

„Es ist aber zum Beispiel nicht nett von Ihnen, wenn Sie behaupten, die Jugend starre vor Schmutz. Ich würde eher sagen, es ist unmöglich festzustellen, ob sie sich waschen."

„Der Effekt ist maßgebend, nicht die Tatsache selbst. Ein Badezimmer zu besitzen ist Zivilisation, es zu benützen ist Kultur. Übrigens ist der Schmutz in Mode gekommen wie die Dummheit, die Unwissenheit, die Häßlichkeit, die Sinnlosigkeit und die Geschmacklosigkeit. Ist Ihnen noch nicht aufgefallen, daß moderne Musik keine Musik ist? Sie macht nur Krach. Der Gesang gleicht dem Geplärre einer liebestollen Wildkatze, der Tanz ist ein zuckendes Sich-Winden. Malerei und Bildhauerei sind ein schlechter Witz. Weder die neuen Filme noch die modernen Theaterstücke sind zu verstehen. Die modernen Buchstaben sind schwer lesbar und dem Fernsehen wird es mit seinen farbigen Blitzeffekten bald gelungen sein, auch noch unsere Augen kaputt zu machen.“

„Beruhigen Sie sich.“

„Nein, ich beruhige mich nicht. Die freie Liebe wird legalisiert. Die Weiber wollen kinderlos ihr Leben genießen. Ein Drittel der Weltbevölkerung leidet Not, ja verhungert sogar. Völker greifen einander an, die Unterwelt droht uns zu verschlingen. Die Erde bebt vor Zorn, derartige Greuel ertragen zu müssen. Die Todesstrafe ist abgeschafft. Shakespeare sagte: *Mörderisch wird die Gnade, wenn man den Mördern vergibt.*

Wir aber sind, scheint's, mit Superhumanisten eingedeckt! Wenn Gott straft, fragt er nicht nach Geisteskrankheit oder Minderjährigkeit. Er kennt auch die Verjährung von Verbrechen nicht. Er hat einmal vierzig Kinder getötet, weil sie einem Propheten nachgeschrien hatten: ‚Da kommt der Kahlkopf!‘ Wir aber sind barmherziger als Gott: Die Kinder hat ja vielleicht ein Zeichentrickfilm unbewußt beeinflußt, in dem die Figuren munter weiterlebten, obwohl sie schon mehrmals erschlagen worden waren. Ich finde natürlich nicht, daß sie straflos ausgehen sollten oder daß man es bei einer kleinen Verwarnung bewenden lassen sollte wie etwa: ‚Du frecher Fratz, wenn du das noch einmal tust, stell' ich dich in die Ecke.‘ Aber es kann wohl nicht unsere Aufgabe sein, unlösbare Probleme zu lösen.

Nur noch etwas zu der Gynäkologin Well-Hall. In ihrem Buch „La grande peur d'aimer“ beklagen sich die Frauen wie folgt: ‚Das Leben ist für mich das reinste Gefängnis. Wegen der Kinder komme ich nirgends hin. Mein Mann hilft mir nicht im Haushalt.‘

Und weiter: ‚Die Ärzte haben mir abgeraten, weitere Kinder zu bekommen. Trotzdem bin ich schon wieder soweit . . . Ich möchte ja eine gute Christin sein, aber die Kirche weiß gar nicht, was sie von den Frauen verlangt, sie wird eben nur von Männern bestimmt . . . Ich bin völlig erschöpft . . .

Mein Mann bildet sich ein, wenn ich mit ihm nicht ins Bett will, dann müsse ich schon einen andern haben . . . Ich möchte am liebsten schon alt sein, um mich vor nichts mehr fürchten zu müssen . . . Mir wäre es nur recht, mein Mann ließe mich in Ruhe und würde mich betrügen . . . Mir ist klar, daß ich aus lauter Angst eine miserable Ehefrau und eine ungeduldige Mutter bin. Manchmal fürchte ich mich schon vor mir selbst.

Die Mehrzahl der Katholiken schert sich einen Dreck darum, ob die Antibaby-Pille verboten ist oder nicht. Nebenbei gesagt, sind diese Pillen weiß Gott nicht für jene armen Schlucker gemacht, die den größten Teil der Weltbevölkerung ausmachen. Die können nicht einmal ihren eigenen Hunger stillen und vermehren sich trotzdem wie die Fliegen.‘

Meiner Ansicht nach leben wir im Zeitalter der Pharisäer und der Scheinheiligen. Wenn es nach ihnen ginge, hätten sie Gottes Schöpfungen längst reformiert. Die Weiber, die sich so beklagen, halten Gottes Verhalten anscheinend nicht für *comme il faut.* Sie fordern die Kirche auf, die Sünden unbestraft zu lassen.“

DAS FEIGENBLATT IST AB

Denn es wird eine Zeit kommen, in der die Menschen die gesunde Lehre nicht ertragen mögen, sondern nach ihrem eigenen Gelüste sich Lehre über Lehre zusammensuchen, weil sie nach Ohrenkitzel verlangen.

Paulus, zweiter Brief an Timotheus, 4.3

„*Voila*", – sagte mein alter Freund, legte eine kleine Schachtel auf den Tisch und schob sie mir zu.

„Was ist das?"

„Nervenberuhigende Pillen."

„Brauche ich nicht, danke."

„Es wird Krach geben zwischen uns."

„Wird es nicht."

„Dann hören Sie mir einmal schön zu. Bei den Arabern ist der Kopf der Frau das Hauptobjekt der sexuellen Schamhaftigkeit, bei den Chinesen sind es die Füße. In Europa entschied man sich dagegen für das, was zwischen Kopf und Füßen liegt", sagte er. „Darüber sind wir alle uns im klaren, bloß die Frauen . . ."

„Einen Moment! Ich weiß, wo Sie damit hinaus wollen. Nein, Gewalt darf man gegen Frauen nicht anwenden."

„Wenn unsere Großväter auf die Zustimmung ihrer Frauen gewartet hätten, wären Sie, mein Lieber, nicht auf die Welt gekommen. Unsere Großväter wußten nichts von Sex."

„Nach Russell . . ."

„Kommen Sie mir bloß nicht mit Sexologie!"

„Wieso? Man spricht nur darüber."

„Lauter Quatsch!"

„Unter Sex verstehe ich auch nicht, was man gemeinhin darüber so schreibt. Es wäre allzu naiv zu glauben, daß sich die Männer statt um ihr eigenes sexuelles Vergnügen um das der Frauen kümmern werden. Die Frau wurde zu allen Zeiten als Lustobjekt des Mannes betrachtet.

Sexualforscher und Eheberater sprießen aus dem Boden wie Pilze nach einem Landregen. Mein ehemaliger Hauswart aus Budapest ist in Hollywood Psychoanalytiker geworden. Der nackte Körper der Frau wird glorifiziert, und man tanzt wie einstmals um das Goldene Kalb darum herum. (Durch die Heiratsurkunde fühlt sich kein Mann auf Lebenszeit gebunden).

Wenn irgendwo eine nackte Frau auftaucht, werden es die Ehemänner sein, die sich als erste auf sie stürzen. Wenn hingegen eine Ehefrau irgendwo einen nackten Mann sieht, so ruft sie die Polizei.

Die Wahrheit ist doch, daß bei einer verheirateten Frau die Zärtlichkeit sofort in den Ruhestand tritt. Ehemänner leiden beständig unter einem sexuellen Notstand. Als sie noch unsere Freundinnen waren, konnten wir sie so oft haben, wie wir nur wollten; so selbstverständlich war das damals, wie man ‚guten Tag' sagt. Als Ehefrauen aber haben sie immer etwas anderes im Sinn.

‚Küß mich nicht, du wirst meinen Lippenstift

ganz verschmieren!' Und gar mit ihnen schlafen? Daß ich nicht lache. Wenn sie abends zu Bett gehen, haben sie eine Schlamm-Maske auf dem Gesicht, und es erschiene einem fast angenehmer, neben einer Leiche zu liegen.

Sie sind zwar nach wie vor von Kopf bis Fuß für die Liebe geschaffen, aber sie betrachten ihren Körper als Kapital und wollen von dessen Zinsen leben. Ich spreche hier natürlich von der oberen Mittelschicht, nicht von den Millionen notleidender Frauen."

„Vor dem Weltkrieg waren die Mädchen gut und sanft, solange noch kein Mann sie verführt hatte. Sie freuten sich über jede Kleinigkeit. Es genügte, daß sie zu zweit waren und die Sonne schien. Ihr Gekicher nahm kein Ende, und verwundert fragte man sie, worüber sie sich so gut unterhielten, weil man gerne auch so fröhlich gewesen wäre. ‚Heute ist Mittwoch', sagte dann die eine und wieder brachen beide in prustendes Gelächter aus. Ihre Unschuld erschien uns oft nur albern."

„Wenn Ihrer Meinung nach alle jungen Mädchen lieb und sanft waren, woher kommen dann die vielen bösartigen Weiber?"

„In jeder Frau steckt ein unschuldiges Lamm und ein sprungbereiter Tiger. Alles hängt von dem Mann ab, mit dem sie lebt. Warum? Frauen sind eben keine Gebrauchsartikel, die man nach Befriedigung seiner Begierden einfach beiseite schieben kann. Hören Sie, was Krudy, der große ungarische Frauenkenner dazu sagte: *Nehmt euch in acht vor Jungfrauen, ihr Männer, denn man kann nie wissen, ob nicht Ungeheuer in ihnen schlummern, die Tod und*

Vernichtung über die Erde bringen können, wenn man sie aus ihren Ketten befreit!

Wenn Sie eine nackte Frau betrachten, muß Ihnen nicht erst noch erklärt werden, wohin Gott das Erdenglück plaziert hat. Heutzutage stellt man es ins Scheinwerferlicht. Dabei wäre es besser, eine Warntafel aufzustellen mit Dantes Worten: *Lasciate ogni speranza, voi ch'entrate: Ihr, die ihr hier eintretet, laßt alle Hoffnung fahren!*

Auch in der Natur gibt es verschiedene Arten von Sex: Zypressen sind steril, die Austern sind Hermaphroditen, wie auch die Schnecken, die Blutegel, die Bandwürmer, die Blumentiere und die Korallen. Der Kohl ist eine typische Hure. Er läßt sich von allen möglichen Pflanzen außerhalb seiner Gattung befruchten. Palmen sind im christlichen Sinne heiligmäßig. Unter ihren zahlreichen Arten gibt es keine, die giftig oder unnütz wäre. Die Palme gibt dem Menschen alles, was er braucht: Öl, Gewürze, Getränke, Nahrung, auch Kleidung und Behausung, ja sogar Heilmittel."

Dann erzählte er mir von einer praktisch denkenden Frau, die es verstand, ihre Weiblichkeit nutzbringend zu verwerten.

„‚Monsieur', sagte mir diese Dame, ‚ich bin eine anständige Frau, und so habe ich eine ausgezeichnete Lösung gefunden, um mein Haushaltsbudget im Gleichgewicht zu halten. Auch mein Mann fährt gut dabei. Ich brauche ihn seither nie mehr um Geld anzuweinen, das er freiwillig ja doch nie hergeben würde. Dieser Trick hat sich auch bei meinen Freundinnen prima bewährt: Während des Liebesaktes schreie ich plötzlich wild auf, als sei ich in

Extase verfallen. Das macht meinen Mann ganz selig, und ich habe die ganze Tortur rasch hinter mir. Wenn ich jetzt also schlecht bei Kasse bin, dann rufe ich schnell meinen Mann: ‚Komm, Schatzilein, mach mich verrückt!'

So redet eine anständige Frau! Sacha Guitry hatte schon recht: *Frauen sind geborene Schauspielerinnen, ausgenommen jene, die auf der Bühne stehen.*

Sind die Mädchen erst einmal verheiratet, meinen sie, ihre Ehepflichten als Gnadenakt ausüben zu müssen."

„Wer seine Frau vergewaltigt, weiß nicht, was er ihr und sich selbst damit antut."

„Kein Mann vergewaltigt seine Frau, außer im äußersten Notfall."

„Es gibt auch eine Art sanfter Vergewaltigung, und nach den Bekenntnissen von Frauen zu schließen, wird diese, mit sehr wenigen Ausnahmen, von der Mehrzahl der Männer angewandt. Nur haben diese es sich dann selbst zuzuschreiben, wenn ihre Frauen sie nicht mehr lieben können."

„Was verstehen Sie unter sanfter Vergewaltigung?"

„Wenn die Frau nur ungern dem Wunsche ihres Mannes nachgibt."

„Seien wir mal ehrlich. Warum heiratet sie ihn dann eigentlich? Es geht ihm doch darum, mit ihr zu schlafen. Wenn der Mann für seine Familie arbeitet, wird er auch nicht danach gefragt, ob es ihm immer paßt. Verpflichtungen, die man einmal eingegangen ist, muß man schließlich einhalten. Und noch etwas: Ein Mann, der seine Frau vergewaltigt, hat bestimmt keine Geliebte. Wenn er eine hätte, würde er seine Frau in Frieden lassen. Wieviele

Frauen möchten lieber von ihren Männern vergewaltigt als verlassen werden."

„Unerhört!"

„Wenn sich eine Frau hingibt, wie es sich gehört, dann gibt es weder Vergewaltigung noch Geliebte."

„Sie sind also mit dieser Art Mißachtung der Frau einverstanden?"

„Die von den Sexologen aufgehetzten Frauen suchen außerhalb des ehelichen Rahmens den versprochen Orgasmus, den sie doch weder von ihrem eigenen Mann noch von anderen Männern erwarten können. Die Antibaby-Pillen sind ein zweischneidiges Schwert und haben oft böse Folgen. Deswegen sind sie bei den Frauen auch gar nicht so beliebt. ‚Wenn ich diese scheußlichen Dinger einnehme, läßt mich mein Mann keine Nacht mehr in Ruhe', sagen sie."

„In Deutschland ist die Ehepflicht selbstverständlich, der Tarif hängt von der Inflationsrate ab. Der Mann wird vorher zur Kasse gebeten; nachträglich will der Schuft nämlich nichts mehr davon wissen.

Meine Putzfrau erzählte mir kürzlich, daß sie beim Aufwaschen des Fußbodens von ihrem Mann plötzlich hinterrücks gepackt und vergewaltigt wurde. Es überkam ihn so plötzlich, daß er sich nicht einmal die Zeit nahm, seine Pfeife fortzulegen. Als sie stürzte, kippte der Eimer um, und sie wurde von Kopf bis Fuß naß. Und hinterher hatte der Mann noch die Stirn sich zu beklagen, er habe eine frigide Frau."

„Erzählen Sie mit nichts von so gewöhnlichen Leuten."

„Oh, ich kann Ihnen auch von Akademikern erzählen. Eine Frau beklagte sich bei mir, daß ihr Mann sie beim Liebesakt immer mit ganz gemeinen Worten beleidige. Ich fragte sie darauf, warum sie sich nicht gleich beim ersten Mal dagegen gewehrt habe. Sie gab mir zur Antwort, daß er damals gerade Geburtstag gehabt habe."

„Mein Lieber, ich habe ein ganzes Leben lang die Frauen studiert, und zwar frei von jedem Eigennutz, kühl und sachlich. Nur eine liegende Frau läßt sich in die Seele schauen, ganz wie der Patient beim Psychoanalytiker. Man muß sich allerdings noch selber dazulegen, was eine große Gefahr in sich birgt. Mit einer Frau in liegendem Zustand war noch niemand unglücklich. Das Drama beginnt meist erst, wenn sie aufsteht. Es wird noch so weit kommen, daß man dann jedesmal einen Revolver ziehen muß.

Valéry sagte: *Zwischen zwei Liebesakten verwandelt sich die Liebe in wilden Haß.* Dabei war er doch ein Dichter, der die Dinge gewöhnlich durch rosarote Brillen sieht. Ich sage Ihnen, mein Lieber, sich im Labyrinth einer Frauenseele auszukennen, ist ebenso schwer, wie bei einer Schlange den Anfang des Schwanzes zu finden, oder das Ende der Stirn bei einem Glatzkopf.

Es wurde viel über das Leben geschrieben, aber nichts über das alltägliche Zusammenleben zwischen Mann und Frau.

Die äußere Erscheinung der Natur wurde erforscht: Gestein und Pflanzen hat man untersucht, die Erde wurde aufgegraben, man tauchte ins Meer und flog in den Weltraum. Säugetiere, Fische, Vögel und Käfer sind erforscht, sogar die Flöhe wurden klassifiziert. Das wesentlichste Problem unserer Existenz aber, der Dschungel der Frauenseele mit all seinen Rätseln und Geheimnissen, wurde noch nicht untersucht.

Wir sind mit den gesellschaftlichen Gepflogenheiten vertraut, man hat uns beizeiten gelehrt, wie man sich seinen Mitmenschen gegenüber zu benehmen hat, um in hohem Ansehen bei ihnen zu stehen. Man weiß, wie man sich kleiden muß, wie man mit dem Eßbesteck umzugehen hat und noch vieles andere mehr. Auch gibt es Gesundheits-Apostel, die unser Leben durch nützliche Ratschläge in natürliche Bahnen lenken wollen: angefangen bei der richtigen Atmung über Mäßigung beim Essen und Trinken, bis zu den ausgefallensten Regeln für ein gesundes Leben."

„Die Ernährungswissenschaftler sind samt und sonders Idioten. Bald wird uns alles verboten sein: Zucker, Salz sowie die meisten Gewürze sind schädlich. Fett, Butter und Eier verursachen Arteriosklerose. Rindfleisch ruft Rheuma hervor. Kaffee und Tee machen uns nervös. Nur der Vitaminreichtum des Spinats ist unbestritten Mumpitz. Man weiß: die Erde kreist um die Sonne; niemand aber spricht davon, daß sich die ganze Welt um das Weib dreht. Alle Wege führen durch ihren Körper, diese vollkommene Mischung von Gut und Böse.

Ich habe manche bittere Erfahrung gemacht. Immerhin bin ich froh, noch in der Lage zu sein, über meine Erlebnisse zu berichten, um andere zu warnen. Seien wir vorsichtig im Umgang mit den Frauen. Nach jedem Krieg sinkt die Moral, was man in erster Linie bei den Frauen beobachtet.

Vor dem Krieg gab es ewig Krach wegen der Mätressen der Ehemänner. Heute ist es die Geliebte, die sich über die Ehefrau beklagt."

„Mein Guter, auch ich habe die Frauen studiert und bin dabei draufgekommen, wie miserabel die Männer sich benehmen."

„Ich schätze Ihre Ehrlichkeit und möchte nun ebenso aufrichtig meine Meinung über die Frauen äußern, ohne Rücksicht auf Ihr Zartgefühl.

Ich will Ihnen nämlich, mein Lieber, einige Geheimnisse der weiblichen Natur enthüllen. Das Wesen des Weibes ist sehr eigenartig. Jedes Wort, das man sagt, versinkt wie ein Stein im Teich. Es entstehen zwar Ringe an der Oberfläche, aber dann glättet die Wasserfläche sich wieder, ohne die geringsten Spuren erkennen zu lassen. Ich bin mir im klaren, daß diese Erkenntnis so manchem nicht passen wird.

Ehrlich gesagt soll man aber niemanden überschätzen, am wenigsten sich selber."

„Merci. Mit einer Frau darf man nie ungeduldig sein, das sollten sich die Männer hinter die Ohren schreiben. Schon Shakespeare sagte: *Arm sind, die keine Geduld haben.* Es gibt nur einen Weg zum Herzen einer *anständigen* Frau: *Warten!*

Der Schlüssel zum friedlichen Zusammenleben ist Geduld, vor allem in Liebesangelegenheiten."

„Nun das zweite Wort, das im Herzen einer Frau ganz groß geschrieben wird: *Putzen.* Dies sieht sie als ein Gebot an. Jede Frau fängt an, fieberhaft herumzuputzen, sobald sie einen Mann hat.

Eine Pariserin wollte ihren Verführer erschießen. Im letzten Moment entdeckte sie jedoch ein schmutziges Hemd. Sie wusch es geschwind, und dann erst brachte sie ihn um."

„Ich gebe ja zu, daß manche Frauen furchtbare Putzteufel sind. Ich habe da selbst einiges erlebt. Es handelt sich meistens um Frauen, denen das Leben nicht mehr viel zu bieten hat, weshalb sie den Männern anderweitig auf die Nerven gehen.

Da ich ein bescheidener, einfacher Mensch bin, kaufte ich mir voriges Jahr ein altes Schlößchen in Amerika mit einem kleinen, zauberhaften Park. Zum Saubermachen stellte ich zwei alte Frauen an, von denen ich natürlich nicht ahnte, daß sie vom Putzteufel besessen waren. Erst nachträglich sah ich die Bescherung. Der Park wirkte wie abrasiert und sah wie ein Friedhof aus. Das romantische Schlößchen glich einem alten Weib nach einer Gesichtsoperation und mit kanariengelb gefärbtem Haar. Alles, was einigen antiquarischen Wert hatte war blitzeblank geputzt. Die Bronzestatuen, die eisernen Gefäße und alten Vasen waren mit Schmirgelpapier bearbeitet worden. Die alte Waffensammlung strahlte in hellem Glanz, selbst im Keller war die edle Patina von den zuvor mit Spinnweben überzogenen Weinflaschen verschwunden. Die beiden Putzfrauen waren so erschöpft, daß man sie ins Spital bringen mußte. Dort lagen sie nebeneinander und konnten kaum mehr schnaufen."

„Kennen Sie die Misere des Großreinemachens? Kein Mann hat so etwas je von seiner Frau verlangt. Sie stellen die ganze Wohnung auf den Kopf, und es braucht Wochen, bis man seine Sachen findet und wieder einigermaßen existieren kann.

Mich regt es jedesmal furchtbar auf, wenn ich eine

Frau an Stellen herumwischen sehe, wo gar kein Schmutz ist. Wenn ich jedoch in solchen Fällen für Schmutz sorgen wollte – etwa mit der Asche meiner Zigarette –, sie wäre empört. Am liebsten wäre es solchen Frauen, wenn man sich so wenig bewegte wie eine Schaufensterpuppe. Zu ihrer Entschuldigung kann ich nur anführen, daß sie gar nicht wissen, wie unerträglich dem Mann das alles ist."

„Solange die Frauen in uns verliebt sind, ist es allerdings nicht schwer, eine Änderung herbeizuführen – anders als bei Männern, die immer das Gefühl haben, vollkommen zu sein."

„Dann hören Sie sich einmal die Meinung der Heiligen in bezug auf die Frauen an: *Die Frau ist der Pfad des Bösen, die Pforte zur Hölle,* sagte der heilige Hieronymus. Und der heilige Cyprian: *Der Satan versucht unsere Seelen durch die Weiber.*

Man ist tief in Sündenschuld gefallen, wenn man an eine Frau nur denkt, war die Meinung des heiligen Clemens. Und wie sah der heilige Chrysostomus die Rolle der Frauen? *Eine häusliche Gefahr ist das Weib, ein unerwünschtes Übel, eine ersehnte Seuche, anziehend und krankmachend. Es ist der Weg zum Bösen.*

Wenn also selbst die Heiligen, diese friedlichen Menschen, sich in solcher Weise geäußert haben, obwohl sie die Frauen doch nur flüchtig kannten, was soll dann *ich* sagen, der ich doch niemals die leiseste Absicht hatte, in ein Kloster zu gehen?"

„Frauen, die man niemals streichelt, werden wild."

DIE PREMIERE

Man kann nie der Erste sein.

Balzac

„Bei den Frauen kommt man immer zu spät. Es war immer schon einer vorher da", sagte mein Freund, legte die Bibel, die er mitgebracht hatte, auf den Tisch und schlug sie an einer Stelle auf, an der ein kleiner Zettel eingelegt war.

„Was wollen Sie mir jetzt vorlesen?"

„Erst einmal möchte ich bemerken, daß die Menschen sich schon immer miserabel aufgeführt haben. In den Kriegen, von denen die Heilige Schrift berichtet, wurden nicht nur sämtliche Männer umgebracht. Es wurden auch schwangeren Frauen die Bäuche aufgeschlitzt, und kleine Kinder mit den Köpfen gegen die Wand geschleudert. Nur unberührte Frauen durfte man nicht töten (so hoch schätzte Gott die Reinheit der Frau).

Außerdem wurde alles Vieh ausgerottet, die Obstbäume gefällt, die Brunnen zugeschüttet. Das Salz wurde verstreut, die Häuser in Brand gesetzt und auf die Äcker wurden Steine geworfen. Aber all das war immer noch nicht genug: Man grub selbst die Toten aus und verbrannte ihre Knochen.

Fußbad im Blut des Feindes! Aber vielleicht war das auch nur symbolisch gemeint. Die Bibel ist nicht immer leicht zu verstehen.

Alle Kriege sind Massenmorde, obwohl sich immer alle einig waren, daß man nicht töten soll. Ja, die Welt hat eine finstere Vergangenheit, aber die Gegenwart ist auch nicht besser. Früher war es nur der Körper, der auf die Folterbank gezerrt wurde, jetzt bleibt auch die Seele nicht verschont. So sitzt die Angst heute einem jeden im Nacken."

Während der Kellner die Martinis servierte, steckte mein Freund sich eine lange dunkle Brasil an und wartete, bis der Kellner gegangen war.

„Hören Sie sich nur einmal an, wie es den Frauen in früheren Zeiten erging:
Als Rahel sah, daß sie dem Jakob keine Kinder gebar, da ward sie eifersüchtig auf ihre Schwester und sprach zu Jakob: ‚Schaffe mir Kinder, wo nicht, so sterbe ich!' Jakob aber wurde zornig über Rahel und sprach: ‚Bin ich denn an Gottes Statt, der dir die Leibesfrucht versagt?' Darauf sprach sie: ‚Da hast du meine Magd Bilha, wohne ihr bei, damit sie auf meinem Schoß gebäre und ich durch sie zu Kindern komme.' Also gab sie ihm ihre Magd Bilha zum Weibe und Jakob wohnte ihr bei. Und Bilha ward schwanger und gebar dem Jakob einen Sohn. Da sprach Rahel: ‚Gott hat mir Recht geschafft, er hat mich auch erhört und mir einen Sohn gegeben.' Darum nannte sie ihn Dan. Und Bilha, Rahels Magd ward abermals schwanger und gebar dem Jakob einen zweiten Sohn. Da sprach Rahel: ‚Einen Gotteskampf habe ich mit meiner Schwester gekämpft, habe auch obsiegt.' Darum nannte sie ihn Naphtali. Als nun Lea sah, daß sie aufgehört hatte zu gebären, nahm sie ihre Magd Silpe und gab sie Jakob zum Weibe. Und Silpe, Leas Magd gebar dem Jakob ei-

nen Sohn. Da sprach Lea: ‚Wohlan!' und nannte ihn Gad. Danach gebar Silpe, Leas Magd, dem Jakob einen zweiten Sohn. Da sprach Lea: ‚Ich Glückliche! Die Töchter des Volkes werden mich glücklich preisen.' Und sie nannte ihn Asser.

Wenn damals eine Frau kein Kind bekam, war es für sie aus mit dem Sex. Der Mann durfte nur unberührte Weiber heiraten, auch die Dienstmädchen seiner Frau mußten unschuldige Mädchen sein. Sechs Jungfrauen für einen einzigen Mann! Stellen Sie sich das einmal vor, mein Lieber. Eine Ehe mit sechs Weibern, die man nach Belieben auswechseln konnte! Mit einer Gasthausverköstigung könnte man eine solche Ehe vergleichen, wo es auch zeitweise einer Abwechslung bedarf, damit man sie nicht als fad empfindet.

Es ging allerdings beileibe nicht darum, Orgien zu veranstalten. Man hatte nur für Nachwuchs zu sorgen. Ihrer Natur nach war die Frau frigid, sie hatte kein Interesse an sexueller Betätigung. Auch Eifersucht war ihr unbekannt, es sei denn, wenn es um die Anzahl der Kinder ging. Um diese zu erhöhen, schickte man sogar das Dienstmädchen dem Manne ins Bett und pries sich dabei noch glücklich.

Der gute Jakob hatte sechs Frauen zu beschlafen, und so war es für ihn gewiß kaum möglich, ein Sexualleben zu führen, wie es die heutige einschlägige Literatur vorschreibt. Hätte Jakob sich um den Orgasmus seiner Weiber kümmern müssen, ihm wäre wohl kaum Zeit geblieben, nebenher noch irgendetwas Vernünftiges zu leisten.

Überhaupt galten früher Dinge als lasterhaft, die heute als Tugenden angesehen werden und umgekehrt. Es soll zwar auch heute noch vorkommen, daß Männer mit dem Dienstmädchen ihrer Frau schlafen und aus dieser Verbindung Kinder hervorgehen, doch wer sich darüber am wenigsten freut, ist die Gnädige Frau. Und geradezu undenkbar erschiene es ihr, eine solche Schweinerei auf ihrem Schoß zu veranstalten."

Dann schlug mein Freund die Bibel an einer anderen Seite auf.

„Gott schätzte die Unschuld des Weibes sehr hoch ein", sagte er und las dann weiter vor:

Wenn jemand erst vor kurzem ein Weib genommen hat, muß er nicht mit in den Krieg ziehen, und man darf ihm nichts Schweres aufbürden. Er soll ein Jahr lang für sein Haus frei sein und mit dem Weibe, das er zur Frau genommen hat, frohgemut leben.

Da steht es schwarz auf weiß! Versuchen Sie, sich heute mal auf ein ganzes Jahr solch paradiesische Zustände zu schaffen! Was ist dann mit den Steuern?"

„Während des dreißigjährigen Krieges wurden die Männer in Deutschland dazu verpflichtet, zwei Frauen zu haben, um das verlorene Soldatenmaterial zu ersetzen, aber Steuern mußten sie trotzdem noch zahlen."

„Immerhin kann sich der Mann heutzutage mit einem einzigen Weibe sein Unglück sichern. Im vorigen Jahrhundert verprügelten unsere Großväter ihre Frauen, wenn der Haussegen schief hing. Heute ist das ganz und gar nicht mehr ratsam. Die Emanzipierten schlagen nämlich zurück. Ich hörte kürzlich von einer Polizistin, die im Laufe einer Debatte ihren Mann mit einem Karateschlag zur Strecke brachte."

„Ja, Frauen darf man eben höchstens *zurück*-schlagen."

„Ich spreche von Weibern und nicht von Frauen. Ich denke dabei an meine Mutter. Zwischen Frau und Weib sollte man einen gewissen Unterschied machen."

„Da irren Sie sich. Der Ausdruck ‚Weib' bedeutet keine Herabsetzung der Frauen. Im Mittelhochdeutschen sprach man nur von Weibern und auch die Heilige Schrift bedient sich dieses Ausdrucks. Wie die Welt doch immer feiner wird! Heute hält sich jedes Frauenzimmer für eine Dame. Es gibt Damenringkämpfe, Bardamen, sogar Lebedamen."

„Ich spreche von einer ganz anderen Art von Frauen: jenen, die keine Lebensgefährtinnen sind, sondern nur danach trachten, uns zu verführen."

„Ich möchte Sie ja nicht aufhetzen, mein Lieber, aber jeder Mensch hat eine Mutter. Im übrigen hat auch jede Frau eine Art Moral. Auch eine Geliebte versteift sich nicht darauf, ungesetzlich mit einem Mann zusammenzuleben, der schon eine Ehefrau hat. Daher wird sie alles daransetzen, die legitime Frau zur Seite zu drängen und ihren Platz einzunehmen."

„Unsere Großväter haben ihre sexuellen Bedürfnisse jeweils auf wenige Minuten beschränkt. Sie nahmen ihre Frauen, wie ein Durstiger nach einem Glas Wasser greift, nachdem sie ihre Pfeife auf die Seite gelegt hatten, um gleich hinterher einzuschlafen. Die rasche Befriedigung wirkte sich weit vorteilhafter auf die Frauenseele aus. Zu diesen

Bräuchen müßten wir zurückkehren, um glücklich leben zu können.“

„Die Liebe der Frauen erkaltet, wenn sie nie gestreichelt werden.“

„Wenn einer abends müde nach Hause kommt, hat er nicht die Nerven, sich über die sexuellen Ansprüche seiner Frau Gedanken zu machen. Soll man etwa seine spärliche Freizeit an das Weib vergeuden? Vergessen Sie nicht, was die Heilige Schrift sagt: *Der Mann wurde nicht um der Frau willen geschaffen, sondern die Frau um des Mannes willen.*

Wo gibt es eine Frau, die heute noch daran glaubt? Sie beklagt sich, daß der Mann sich nur *dafür* interessiert. Die Männer hingegen bemängeln, daß ihre Frauen *davon* nichts wissen wollen. Und im Endeffekt tun beide alles, um den Beweis zu erbringen, daß sie nur auf der Welt sind, *um einander zu schikanieren.*

Anfang dieses Jahrhunderts war die normale Frau frigid. Nach Reboux waren 80 % der Frauen frigid. Hitschmann bezifferte ihre Anzahl mit 85 %. Die New Yorker Harald Tribune kam sogar auf 90 %. Demnach waren die damals als anormal bezeichneten Frauen eigentlich die normalen.

Nach Elkans Meinung ist es ebenso aussichtslos, eine frigide Frau zu kurieren, wie zu versuchen, einem unmusikalischen Menschen den Sinn für Musik anzuerziehen. Solche Frauen sollte man betreffs Sex am besten in Ruhe lassen. Heutzutage haben sich einige Frauen an den Sex gewöhnt wie an das Rauchen (Nymphomaninnen sind wie Kettenraucherinnen).

Wenn Sie, mein Lieber, sich über die Frauen beklagen, dann beklagen Sie sich über Ihr eigenes Wunschbild. Die Frauen sind zu allen Zeiten genauso gewesen, wie die Männer es sich gewünscht haben.

Wenn der Mann sich für das weibliche Hinterteil begeisterte, wurde es ihm gezeigt, ohne jede Scham. Alles, was Frauen wollen, ist geheiratet zu werden, und um das zu erreichen, sind sie zu jeder Schandtat bereit. Natürlich übertreiben sie dabei häufig, aber so sind sie eben."

„Ich las neulich in einem österreichischen Wochenblatt folgenden Kommentar einer Beraterin in Liebesangelegenheiten: *Ich halte junge Leute, die sich mit Erotik beschäftigen, für natürliche und absolut moralische Menschen!* und weiter: *Gott sei Dank ist Perversität nicht strafbar.* – Gott und Perversität! Das ist, als wenn man Kommunismus und Kapitalismus in einem Atemzug erwähnt."

„Wenn man sich noch so sehr bemüht, allem Übel aus dem Wege zu gehen, dann gelingt es bestimmt der Dummheit, hier Abhilfe zu schaffen. Daninos hatte recht: *Manche Menschen sind gar nicht so dumm, wie sie zu sein scheinen, sondern noch viel dümmer.*"

„Den meisten Frauen muß man den Begriff des Unrechts erst beibringen. Oft sind sie dann selber ganz erschüttert, wenn sie erkennen, was sie angerichtet haben", sagte mein alter Freund. Dann erzählte er, daß er seine denkwürdigsten Liebschaften meistens in der Kirche aufgelesen habe. Dies war ihm anfangs ziemlich peinlich gewesen, weil er doch fand, daß man die Kirche lieber aus dem Spiel lassen sollte. Aber die Damen behaupteten durchwegs, daß es sie sehr beruhige, wenn sie vor dem Schäferstündchen ein wenig darum beten könnten, daß ihr verbotenes Glück ungestört bleiben möge.

„Wo sind die Zeiten, als in Deutschland die Seitensprünge der Ehemänner noch strafbar waren?"

„Wenn bei uns Ehebruch bestraft würde, wäre ganz Paris ein riesiges Gefängnis. Übrigens ist die Ehe an sich schon Strafe genug. Warum sollte man ein zweites Mal bestraft werden? Seitensprünge sind Naturerscheinungen, die man ebenso in Kauf nehmen sollte wie Regenwetter."

„Wer hat die Pornographie freigegeben? Wer hat den Partnertausch sanktioniert, um die Geliebte gegenüber seiner Ehefrau zu legalisieren? Kostenlose Liebe! Wer hat denn die heilige Ehe in den Schmutz gezogen? Waren es vielleicht die Frauen?"

„Ich bin darüber ebenso entrüstet wie Sie. Überall war die Mehrheit des Volkes dagegen. Vergessen wir aber nicht, daß die Herren Staatsmänner meistens ziemlich alt sind. Die wollen nun wenigstens *sehen*, was zu *tun* sie nicht mehr imstande sind. Und es wäre doch peinlich, würde man sie dabei ertappen. Deshalb mußte man die Pornographie freigeben!"

„Die Sache hat allerdings auch einen Vorteil: Die Menschen werden lernen, einander so verabscheuen, daß diese ganze Epoche in Bälde restlos verschwinden wird."

„Haben Sie schon von Evola gehört? Das heißt, über seine Theorie? Nach seiner Meinung kann der Mann die Frau mit nur 81 Bewegungen restlos glücklich machen."

„Und wer zählt die Bewegungen?"

„Einer verliebten Frau ist sogar zuzutrauen, daß sie ihr eigenes Todesurteil mit einem wehmütigen Lächeln auf den Lippen unterschreibt, wenn es darum geht, ihre Gefühle zu beweisen. Nachher bekommt sie dann einen hysterischen Anfall, um die Hinrichtung zu verhindern.

Zwischen den Gefühlen der Frau und jenen des Mannes gibt es nämlich einen großen Unterschied: Die Männer betrügen zwar ihre Frauen, aber sie kehren danach wieder zu ihnen zurück. Eine solche Haltung ist bei Frauen nur höchst selten anzutreffen. Im allgemeinen gehen sie auf und davon, um niemals mehr zurückzukehren."

„Darf ich Sie etwas fragen?"

„Bitte."

„Was hätten Sie getan, wenn Ihre von Ihnen betrogene Frau es Ihnen mit gleicher Münze heimgezahlt hätte?"

„Die Untreue einer Frau und die Untreue eines Mannes sind einander diametral entgegengesetzt!"

„Sie sind mir ja ein feiner Kerl!"

Er gerät völlig aus der Fassung und schreit mich an:

„Ich kann Ihnen darauf nur mit den Worten des ungarischen Politikers Deák antworten: *Es ist nicht das Gleiche, ob ich mit meinem Schuh in den Dreck trete, oder ob der Dreck bereits an meinem Schuh klebt.*"

Da tritt der Kellner auf uns zu:

„Die Herrschaften werden gebeten, sich nicht so laut zu unterhalten. Unsere Gäste können sonst die Musik nicht hören."

DER KUSS

Es gibt drei Arten von Unwissenheit. Nicht wissen, was man wissen sollte. Falsch wissen, was an weiß, und wissen, was man nicht wissen dürfte.

La Rochefoucauld

„Liebesküsse sind eine Erfindung der alten Griechen. Der Handkuß stammt allerdings erst aus dem Spanien des 16. Jahrhunderts. Heutzutage küßt man fremden Damen nicht mehr die Hand. Auch nicht die eines verliebten jungen Mädchens, sonst wird es unverschämt. Der Handkuß als Sinnbild der Verehrung gebührt nur unseren Müttern.

Man küßt aus Liebe und Zärtlichkeit die Hand seiner Frau am Morgen und am Abend: an langweiligen Tagen küßt man ihr beide Hände, damit sie einen überhaupt ertragen kann. (Laut schallende Küsse sind unstatthaft.)

Wußten Sie, was die Marquise de Champagne zu diesem Thema äußerte? ‚*Man darf nur den kleinen Finger der linken Hand seiner Geliebten küssen, weil der niemals etwas Unanständiges tut.*'"

„Zum Küssen muß man sich Zeit nehmen, weil Frauen mehr Wert darauf legen als auf den ganzen Liebesakt.

Vor allem ist darauf zu achten, daß sich die Frau nach einem Kuß nicht weniger wohl fühlt als vorher. Also keinen Kuß nach dem Genuß von Knoblauch, nach reichlichem Nikotingenuß oder wenn man betrunken ist. Das könnte unangenehm ausgehen.

Verliebte sollen auch nicht kopflos aufeinander losstürmen und einander so die Lippen zerbeißen, daß sie hinterher weder essen noch reden können."

„Schätzen Sie eine Frau, die sich gleich küssen läßt?"

„Warum nicht, wenn sie gut küßt! Hier geht es nicht um Hokuspokus. Das Weib muß von Anfang an gebändigt werden, sonst tanzt es dem Mann auf der Nasenspitze herum."

„Es kommt ja heute kaum noch vor, daß ein junger Mann im Sonntagsanzug bei den Eltern des Mädchens vorspricht und den Vater um ihre Hand bittet. Heute verlangt man von den Mädchen ganz andere Sachen und das ohne Einverständnis der Eltern, die von den Liebesaffären ihrer Töchter meistens erst im nachhinein erfahren. Nicht selten werden sie unvorbereitet durch die Geburt eines Enkels überrascht. Ebenso selten sind Liebeserklärungen. Der Mann bezeugt seine Liebe durch einen Kuß."

„Ich kannte einmal eine bildschöne Frau mit langen, schlanken Beinen. Ich hatte sie vom ersten Augenblick an ins Herz geschlossen. Leider aber war nichts mit ihr anzufangen. Ihre Küsse waren so kalt, als hätte man eine Leiche in den Armen."

„Ja, wenn ein Mann auf kürzestem Weg den Mund seiner Auserwählten zu erobern versucht, handelt er wie ein Narr, der das Diner mit dem Dessert beginnt. Den ersten Kuß haucht man auf ihren Nacken, auf den seidigen Flaum ihres Haaransatzes. Falls die Dame sich dort rasiert, kann man notfalls den Kuß auch hinter ihr linkes Ohrläppchen plazieren (aber keinesfalls so, daß ihr davon die Ohren schallen).

Nicht zu vergessen ist, daß man sich einer Frau immer von der linken Seite nähern sollte, weil dort das Herz liegt."

„Mir scheint, Sie reden von Frauen aus dem vorigen Jahrhundert. Ich habe mit zärtlichen Küssen schon einiges erlebt, was ich nie vergessen werde.

Da war beispielsweise eine Italienerin, höchstens sechzehn Jahre. Als ich sie mit Rücksicht auf ihr zartes Alter ganz sanft küssen wollte, bekam ich eine schallende Ohrfeige, doch gleich darauf einen wilden Kuß."

„Wie in einem amerikanischen Film!"

„Das war aber erst der Anfang! Ihr Mund pickte auf dem meinen wie eine Klette. Dann zerrte sie mich auf das Sofa und steckte mir ihre spitze Zunge so tief in den Hals, daß mir die Luft wegblieb. Nur meine Geistesgegenwart rettete mich vor dem Ersticken. Ich hielt ihr die Nase zu und konnte während dieser Zeit schnell Luft schnappen. Dabei sah sie aus wie eine Heilige!"

„Ich frage mich nur, was für Weibern Sie begegnet sind?"

„Ich kannte einmal eine Japanerin, die stieg nach jedem Liebesakt aus dem Bett und verbeugte sich tief vor mir."

„Wie rührend!"

„Haben Sie sonst noch was über das Küssen auf Lager?"

„Ja. Also, der zweite Kuß soll unsere Liebe verkünden. Er wird auf die Wange gedrückt, etwa wie man seine Mutter küssen würde. Nicht einmal in die Nähe der Lippen. Dieser Kuß muß unerwartet kommen. Wichtig ist hier die Dauer. Denken Sie an ein Sommerwölkchen, dessen Schatten über der grünen Wiese dahinschwebt und für einen Augenblick das Sonnenlicht verdeckt. Dabei redet man über ganz andere Dinge. Etwa über seinen Arbeitsplatz und wie unersetzlich man dort ist . . . "

„Wenn man um eine Frau soviel herumscharwenzelt, muß sie dann nicht auf die Idee kommen, man sei impotent?"

„Hintergedanken sind unwichtig. Denn nun kommt der erste Kuß auf den Mund, den man wie einen Aperitif vor einem Festmahl verabreicht. Ohne Worte! Hier wird erst zur Tafel gebeten. Niemand lobt den Koch vor dem Mahl!

Zu diesem Zeitpunkt weiß man schon, ob die Frau mit allem, was bisher geschah, einverstanden ist. Das Gegenteil hätte sie sonst längst zum Ausdruck bringen müssen, um sich weitere Unannehmlichkeiten zu ersparen.

Am nächsten Tag folgt dann noch ein Kuß auf den Mund, aber er darf nicht lange währen. Am treffendsten wäre vielleicht der Vergleich mit einer Schwalbe, die in dem glatten Wasserspiegel ihren Schnabel nur leicht eintaucht und gleich weiterfliegt. Wenn unsere Auserwählte auch damit einverstanden ist, so schließt sie die Augen. Die Eroberungsphase ist damit beendet."

„Endlich."

„Beim leidenschaftlichen Kuß muß die Frau natürlich in die Arme geschlossen werden, sonst verlieren die Küsse an Wirkung. Jetzt finden Lippen und Zunge zusammen, als ob sie miteinander Walzer tanzen würden (Twist ist nicht zu empfehlen).

Die Frau spricht während des Küssens nicht. Sie stammelt höchstens ein wenig, was bedeutet, daß sie völlig einverstanden ist. Dagegen ist für den Mann bei diesen leidenschaftlichen Küssen die Zeit gekommen, etwas zu sagen.

Jede Frau in dieser Situation erwartet, daß man von ihr begeistert ist. Man sollte sie also loben, um das Erlebnis zu vertiefen. Auch die klügste Frau steht in dieser Lage dem Manne gegenüber wie eine einfache, naive Jungfrau.

Nun zur Frage, worüber man zwischen den Küssen sprechen sollte.

Keinesfalls über den Tod oder das Leben. Weder darüber, daß man ohne sie nicht leben könne, noch, daß man für sie sterben wolle. Am besten redet man über allgemeine Banalitäten, z. B. kann man ohne weiteres sagen: ‚Bis heute wußte ich gar nicht, was ein richtiger Kuß ist!' oder . . . ‚Ihr Kleid ist besonders geschmackvoll und steht Ihnen wirklich ausgezeichnet.'

Darauf wird sie natürlich behaupten, daß es ein alter Fetzen sei, doch erfreut bemerken, daß man ganz anders sei als die anderen Männer. Man interessiere sich für ihre Kleider, was sehr selten vorkomme. Sie ersieht daraus, daß man durchaus geneigt wäre, ihr ab und zu etwas Neues zu kaufen.

Man kann sie auch fragen, wann sie Geburtstag hat, und sie wird einen für einen Übermenschen halten. Man sollte sich auch für ihre Alltagsbeschäftigungen und das Befinden ihrer Familie interessieren (nichts über die zukünftige Schwiegermutter. Über sie wird später ohnehin noch genug die Rede sein).

Schließlich ist noch hervorzuheben, daß es zwei Arten von leidenschaftlichen Küssen gibt. Solche, die man im Stehen und solche, die man im Liegen gibt. Letztere sollten am besten beim Mundwinkel beginnen, das lieben Frauen besonders.

Wenn sie mit aller Liebe ihres Herzens küssen, darf man ihre Illusionen natürlich nicht durch alberne Sprüche zerstören."

„Jungfrauenküsse haben den Geschmack von Mandeln", sinniert mein Gegenüber träumerisch

„Zärtliche Küsse erwecken das Edle und Gute in den Frauen."

„So daß sie sich endlich hingeben."

„Ruhe! Wenn eine Frau, die ein bewegtes Leben hinter sich hat, einen Mann findet, der sie wirklich inbrünstig küßt, wird sie in ihre Küsse ihre ganze seelische Unschuld legen. So hat man doch noch die Chance, Unschuld anzutreffen. Das heißt, man kann sich durch zärtliche Küsse eine künstliche Jungfrau schaffen."

„Wie war das?"

„Ich sage es nicht noch einmal."

„Das war doch nur Spaß!"

„Nein, ich meine es ernst."

Er beugt sich über den Tisch, als wolle er mir ein großes Geheimnis verraten.

„Mein Lieber, leider hindert mich meine gute Erziehung daran, Ihnen meine Meinung über Ihre künstlichen Jungfrauen kund zu tun."

DER KÖRPER

Die schönste Frau der Welt kann nicht mehr bieten, als was alle anderen auch haben.

Musset

„Keine Frau ist mit ihrem Körper zufrieden. Jede findet etwas auszusetzen. Manchmal geht es nur um eingebildete Schönheitsfehler, die der Mann gar nicht sieht. Auf diese Weise macht sie es ihm allerdings leichter, denn er braucht sich nur für eben diesen „Schönheitsfehler“ zu begeistern, um ihren Seelenfrieden wiederherzustellen“, sagte der Alte.

„Die eine beklagte sich, daß ihr Busen unterentwickelt sei, eine andere fand an ihrem Rücken etwas auszusetzen. Es gab auch solche, die ihre Beine für zu kurz oder ihr Gesicht für zu rund hielten. In Wirklichkeit wollten sie nur beruhigt werden.

Eine sehr hübsche Frau beklagte sich bitter bei mir, daß ihre Ohrläppchen zu dünn seien. Sie fragte mich um Rat, wie sie da Abhilfe schaffen könne? ‚Schauen Sie einfach nicht hin, Gnädigste!‘

Die vollkommenste aller geometrischen Formen ist kekanntlich die Kugel, die in zwei Hälften geschnitten das Weib von vorne und von hinten verkörpert (ein bedeutungsvolles Symbol). Seltsamerweise gibt es trotzdem keine einzige Frau, die ihr Hinterteil nicht als überdimensioniert empfindet. Ihrer Seelenruhe zuliebe sollte man diesbezüglich ein paar nette Worte finden, um ihr etwas Lebensmut einzuflößen.

Die große Vorliebe vieler Männer sind die Wassermelonenbusen, die sich mit den Jahren zu „frommen" Busen entwickeln. In Ungarn sagt man: Einmal befreit, fallen sie auf die Knie.

Körpergewicht gewinnt man meist auf Kosten der Schönheit. Man muß sich also für das eine oder das andere entscheiden. Die Franzosen sind der Meinung, daß man nicht vom vielen Essen zunehme, sondern von den nachträglichen Gewissensbissen.

Wir essen, um zu leben, und leben nicht, um zu essen. Sei also kein übertriebener Feinschmecker, denn für den heutigen Tag ist es völlig bedeutungslos, was du gestern verzehrt hast: *Die Ärzte sind darum bemüht, unsere Gesundheit zu bewahren, die Köche darum, sie zu zerstören,* sagte Diderot.

Der Magen ist ein äußerst wichtiges Organ. Von seinem klaglosen Funktionieren hängt einiges ab, zumal im ehelichen Zusammenleben jeder eine Menge zu verdauen hat. Übrigens ist auch die gesunde Hautfarbe, die an die Oberfläche eines reifen Pfirsichs erinnert, eine Folgeerscheinung des gesunden Magens.

Dicke Frauen sind meist gut gelaunt und freundlich. Man sagt ja, wer ein Herz habe, habe auch einen Bauch. Aber übermäßig schön ist es nicht, wenn in der Seitenansicht der Bauch mit dem Hinterteil zu verwechseln ist.

Gesicht und Hände, die man mehrmals am Tag wäscht, altern früher. Seltsamerweise bleibt also das Hinterteil länger jung als das Gesicht. Ich finde das schade!

Auffallend schöne Beine bewahren lange ihre Form und bedürfen keiner besonderen Pflege abgesehen davon, daß manchmal überflüssige Härchen entfernt werden müssen."

„Die Haarfarbe der Frau ist am schönsten so, wie die Natur sie vorgesehen hat. Mollige Frauen sollten sich nicht unbedingt für hautenge Kleider begeistern. Auch die Nase sollte man belassen, wie sie nun mal ist, selbst wenn man sich immer eine andere erträumt hätte."

„Lieber sollten die Frauen ihren Charakter korrigieren", bemerkte der Alte. „Bildschöne, kurvenreiche Frauenkörper versprechen mehr, als sie halten können. Ganz im Gegenteil! Sexbomben sind selten feurige Naturen und bieten keinen Supergenuß, wie sich das viele Männer naiverweise vorstellen.

In meiner Jugend habe ich mir einmal so ein Exemplar an Land gezogen. Damals nannte man das ein ‚Vollweib'. Ich habe mit ihr meine zweite Frau betrogen und dabei viel gelernt. Es gibt nichts Schmerzlicheres, als wenn man umsonst sündigt! Mein Vollweib hatte nur äußerlich alles zu bieten, war aber eine duftlose Blume. Sie lag im Bett wie ein Pfannkuchen, bewegungsunfähig, hoffnungslos wie übergekochte Milch. Sie erinnerte mich an lauwarmes Wasser, das man im Hotel in schlaflosen Nächten aus dem Wasserhahn im Badezimmer trinkt. Wenn ich heute eine sogenannte Sexbombe erblikke, kann ich ein schadenfrohes Lächeln nicht unterdrücken."

„Wir sollten uns aber vielleicht einmal ein Bild über den realen Wert des Objektes Mensch machen:

Nach Erman besteht ein Mann mit durchschnittlichem Körpergewicht (ca. 75 kg) aus: 50 l Wasser (fließt kostenlos aus jeder Wasserleitung), 20 kg Kohlenstoff, 8 kg Fett, 9 kg Eiweiß, 4 kg Kalk, 3 kg Mineralien, 220 gr Zucker, 2 kg Calcium, 1 kg Phosphor, 200 gr Chlor, 175 gr Natrium, 100 gr Kalium, 50 gr Magnesium, 7 gr Fluor, 5 gr Eisen, 3 gr Sizilium, 3 gr Mangan, 1 gr Aluminium. Dazu kommen noch ein wenig Jod, Zink Arsen, Kupfer, Blei und andere Metalle. Dieses wässrige Gebilde nennt sich Mann. Sein Materialwert beträgt gemäß dem Preisindex der guten alten Zeiten höchstens 5 Mark 20 Pfennig.

Nach Ansicht der Frauen ist er auch tatsächlich nicht mehr wert."

„Halt!" rief der Alte aus: „Das erste Weib wurde bekanntlich aus einer Rippe des Mannes hergestellt. Nach Ansicht der Männer ist diese Tatsache von symbolischer Bedeutung, weil nämlich das Weib aus völlig überflüssigem Material geschaffen wurde.

Welchen Wert hat so eine Rippe schon? Verraten Sie mir den deprimierenden Unwert des weiblichen Körpers, der auf ein Podest erhoben und vergöttert wird? Auf alle Fälle lassen sich die Männer von diesem ‚Unwert' ganz schön an der Nase herumführen.

Wenn man auf die Annäherungsversuche einer Frau nicht reagiert, was in ihren Augen die größte Beleidigung ihrer Person darstellt, ist man ihr für alle Ewigkeit verhaßt, und es gibt keine Höllenqual, die sie einem nicht wünschen würde. *Weiber sind grausamer als Männer,* sagte Lombroso, der Kriminalanthropologe.

In ihren Kampfmitteln sind sie weiß Gott nicht

wählerisch. Man kann es sich kaum vorstellen, wozu eine Frau, ohne mit der Wimper zu zucken, fähig ist. Gewissensbisse kennt sie keine.

Fragen Sie eine erfahrene Frau, wen sie für besser hält, den Mann oder das Weib? Wer von beiden gütiger, verständnisvoller, großzügiger und nachsichtiger sei? Sie selbst wird Ihnen antworten: „Der Mann!“

„Doktor Bischoff stellte nach jahrelangen Versuchen in seinem Buch ‚*Das Gewicht des menschlichen Gehirns*‘ fest, daß das männliche Gehirn im Durchschnitt 1350 Gramm, das weibliche 1250 Gramm wiegt. Demzufolge war er sehr dagegen, Frauen in intellektuellen Berufen gelten zu lassen. Als nach seinem Tode Doktor Bischoffs Gehirn gewogen wurde, stellte sich heraus, daß es um 50 Gramm leichter war als das von ihm so unterschätzte weibliche Gehirn!“

DIE SCHÖNHEIT

Eine schöne Frau ist das Paradies für die Augen, das Fegefeuer für die Brieftasche und die Hölle für die Seele.

Fontenelle

So sprach mein alter Freund und lachte fröhlich, dann bestellte er einen Martini und wartete, bis der Kellner ihn bedient hatte.

„In der Antike war Phryne die schönste Hetäre Athens und Flora die schönste von ganz Rom. Damals waren solche bildschönen Weiber nämlich Kurtisanen. Manche Hetären wurden die Gattinnen von Herrschern, anderen zu Ehren wurden Tempel errichtet.

Die blonde Madrilene, *die auf Erden ihresgleichen nicht hatte*, machte ihren Geliebten im wahrsten Sinne des Wortes wahnsinnig, und Marie de Rohan wurde ihres berauschenden Charmes wegen der personifizierte Frühling genannt. Soliman II., den die Schönheit der Julia Gonzaga in den Wahnsinn getrieben hatte, führte ihretwegen sogar einen Krieg.

Lady Coventry konnte sich ohne bewaffnete Leibgarde den begeisterten Männern überhaupt nicht zeigen. Paule de Viguier, die sich nicht mehr getraute, ihr Haus zu verlassen, weil sie sich vor den Tumulten fürchtete, die ihre behexende Schönheit überall auslöste, wurde von den Behörden von Toulouse durch eine amtliche Verordnung offiziell dazu gezwungen, zweimal wöchentlich ohne Schleier durch die Stadt zu schreiten. Nur so konnte man die Leute beruhigen und die Krawalle verhindern, die sonst regelmäßig unter ihrem Fenster inszeniert wurden, weil das Volk sie sehen wollte.

Ninon de Lenclos war mit sechzig Jahren noch so schön, daß sich ihr eigener Sohn in sie verliebte und sich sogar aus Liebeskummer das Leben nahm.

Hören Sie sich an, was ich im Kama-Sutra, einem in Sanskrit verfaßten, altindischen Buch gelesen habe: Der Kalif von Damas, Abd el Melik Ben Merouane, der unumschränkte Herrscher eines großen Teils des Orients, suchte im Jahr 76 nach Christi Geburt seine Geliebte, die Dichterin Leila, auf und fragte sie, wie ihrer Meinung nach die vollkommene Frau beschaffen sein müsse, die alle Männer zu begeistern vermöge.

Hier ihre Beschreibung;

Ihr Körper soll vollkommen sein und reich an Rundungen, ihr Haar schwarz, die Stirn hoch und die Augenbrauen von äthiopischer Schwärze, die Augen klar und von tiefem Dunkel, das Weiße der Augen feucht, das Gesicht ein reines Oval und die Nase fein. Der Mund muß geschwungen sein, Lippen und Zunge rosarot, und Wohlgeruch muß ihnen entströmen, ebenso den Nasenlöchern. Sie müsse das Parfüm Antimoine gebrauchen und ihre Zähne mit Saak putzen. Der Hals soll lang und der Nacken kräftig sein, der Oberkörper breit, die Brüste fest, der Bauch flach und vollendet im Maß, die Schenkel elastisch wie der ganze Leib, die Hüf-

ten breit und fleischig, die Taille schmal, so daß man sie leicht umfassen kann, Hände und Füße feingliedrig. Unter – und Oberarme voll und rund, ebenso die Schulter. Sie kleide sich zu allen Gelegenheiten elegant und lege größten Wert auf Reinlichkeit.

Wenn eine Frau über eine solche Vollkommenheit verfügt, ist sie von vorne und hinten gesehen bezaubernd. Sitzend ähnelt sie einer Frucht, liegend einem weichen Bett, steht sie aber, so wirkt sie sieghaft wie eine stolz im Wind flatternde Fahne. Und im Schreiten verrät das sich bauschende Gewand ihre vollendeten Formen.

Und nun hören Sie, was Leila über die inneren Werte der vollkommenen Frau zu sagen hatte: *Sie spricht und lacht wenig und nie ohne Grund. Mit ihren Nachbarn steht sie immer auf gutem Fuß. Sie hat keine Freundinnen, und sie schenkt niemandem ihr Vertrauen, denn ihre einzige Stütze ist ihr Gatte. Sie nimmt keine Geschenke an, außer von ihrem Gemahl und von ihren Eltern. Empfängt sie Besuch von Verwandten, so enthält sie sich bei Gesprächen jedes Wortes. Sie klatscht nie, hat nichts zu verheimlichen, tut nie jemandem etwas zuleide. Wenn ihr Mann sie auffordert, ihren ehelichen Pflichten nachzukommen, tut sie es mit Freude und erfüllt all seine Wünsche, ja, sie kommt ihnen sogar zuvor. Sie hilft ihrem Mann in allen Schwierigkeiten des Lebens. Hat er Ärger oder ist er traurig, so enthält sie sich des Lächelns und teilt den Schmerz mit ihm. Sie spricht voller Zärtlichkeit und ruht nicht, bis sie ihn wieder in gute Laune versetzt hat. Niemandem zeigt sie ihre heimlichen Reize, die sie keusch verbirgt. Sie gibt sich auch niemandem hin außer ihrem Gemahl, auch dann nicht, wenn sie an der Unterdrückung ihrer Wünsche sterben müßte. Einem solchen Weib kann kein Mann widerstehen.*

Geradezu phantastisch, daß eine Frau ihr Heim nicht verlassen darf. Sie soll aber zu Hause sitzen und geduldig ihren Mann erwarten, der, weiß Gott wo, herumvagabundiert, wahrscheinlich mit weniger vollkommenen Weibern. Sie darf sich nie beklagen. Sie hat treu zu sein oder zu sterben", sagte der Alte.

„Die dreißig Punkte des aus dem sechzehnten Jahrhundert stammenden spanischen Schönheitskodex des Corniger und Calmetta, obwohl mehrmals gefälscht, definieren die vollkommene weibliche Schönheit wie folgt:

Vor allen Dingen sind drei Dinge wichtig:
Weiß: Haut, Zähne, Hand.
Schwarz: Augen, Augenbrauen, Augenwimpern.
Rosafarben: Lippen, Antlitz, Nägel.
Lang: Körper, Hals, Hände.
Kurz: Zähne, Ohren, Füße.
Breit: Bauch, Hüften, Stirne.
Schmal: Mund, Taille, Vorderfuß.
Rund: Arm, Schenkel, Wade.
Fein: Finger, Haar, Lippen.
Klein: Brust, Nase, Kopf.

Der Begriff der weiblichen Schönheit ändert sich ja von Zeit zu Zeit. Aber in der Tat haben die Männer immer rundliche Formen geliebt.

Nach Klara Hätzlerins Schilderung aus dem Jahr

1471 bestünde die weibliche Schönheit in folgender Mischung:

Ain haubt von Behmerland,
Zway weisse ärmlein von Prafand,
Ain brust von Schwaben her,
Von Kernten zway tüttlei ragend als ain sper,
Ain pauch von Oesterreich,
Der wär schlecht und glaich,
Und ein a . . . von Pillandt.
. . . .
Und zway füsseln von dem Rein:
Das möcht ayn schöne fraw gesein.

Die allzu freie Ausdrucksweise der Dichterin mußte zensuriert werden."

„Frauen hatten seit jeher ein loses Maul."

„Der Begriff der weiblichen Schönheit ändert sich je nach dem Geschmack der Zeit. In der Steinzeit waren die großen Dimensionen Mode und die von Rubens gemalten Frauen waren alle eher belebt.

Wie aber stellt sich der Mann von heute die ideale Frau vor:

1. *Geld soll sie haben. Sie soll es hergeben und kein Wort darüber verlieren.*
2. *Eine Mutter soll sie nicht haben und wenn möglich auch keine sonstigen Verwandten.*
3. *Sie soll ständig das Haus hüten und auf ihren Mann warten.*
4. *Besuche gibt es keine und eigene Ansichten sind auch nicht erwünscht.*
5. *Drei Dinge sind unwichtig: Keuschheit, Kleidung und ihre Meinung über uns.*

6. *Drei Dinge sind wichtig: Daß sie gut kocht uns alles glaubt und den Mund hält.*

So ein Weib gibt es garantiert nirgends!"

„Die Definition von Kant, daß schön sei, was uns gefällt, ohne daß wir ein persönliches Interesse daran haben, bedeutet in bezug auf die Frau gar nichts. Frauen tun nie etwas ohne persönliches Interesse, und was einem Mann an seiner Geliebten gefällt, ist undefinierbar. Wenn es in dieser Beziehung eine einhellige Meinung gäbe, würden über kurz oder lang alle Männer einander umbringen."

„Von einer Umschreibung des Guten, Wahren und Schönen aus philosophischer Sicht kann hier nicht die Rede sein. Schönheit und Güte sind nur im göttlichen Sinne eins (an einem schönen Weib findet man selten etwas Gutes).

Reizend ist die Frau, wenn sie weint, nur schade, daß sie selbst sich dabei die Nase putzt, sagte Heine.

Wann ist eine Frau wirklich schön? Wenn keines ihrer Körperteile an seine ursprüngliche Funktion erinnert. Ich meine zum Beispiel: daß sie mit dem Mund ißt, mit ihrer Nase riecht oder sie auch gelegentlich schneuzt, daß die Füße zum Gehen und die Arme für die Arbeit geschaffen sind usw.

‚Es heißt, Schönheit sei ein Versprechen des Glücks; eine andere Frage ist, ob es sich erfüllt', sagte Toulet.

Ich will gerne zugeben, daß die Frau, wenn sie liebt, ein Heilmittel gegen jeglichen Kummer ist, sonst aber ist sie das gefährlichste Gift der Welt. Glücklicherweise hat man sich in kleinen Dosen sukzessive an dieses Gift gewöhnt, ähnlich wie die alten Griechen sich allmählich an tödliche Giftstoffe zu gewöhnen verstanden, um ihre Widerstandskraft gegen den Tod zu erhöhen."

„Die Frau bedeutet das Leben selbst. Nach Swedenborg grünt, wie einst im Paradies, immer noch der Baum des Lebens, *der jeden Monat neue Früchte bringt.* Der Baum des irdischen, wenn auch nicht des ewigen Lebens wird durch die Frau symbolisiert. Eva bedeutet auf hebräisch *Leben*.

Wenn Sie über die Frau also pausenlos schimpfen, so denken Sie bitte auch einmal daran, daß aus dem Schoße der Frauen neues Leben entsprießt, und daß ihrer Hände Arbeit seit Jahrtausenden die Menschheit erhält.

Die Heilige Schrift sagt in bezug auf die Priester: *Seht nicht, was sie tun, sondern hört, was sie sagen.*

Im Hinblick auf die Frauen könnte gelten: *Hört nicht, was sie sagen, sondern seht nur, was sie tun. Ihr Opfer ist größer als das Unsere."*

DIE GESELLSCHAFT

Eine Frau ist keines einzigen Mannes Privatbesitz. Sie ist um ihrer selbst willen da und nicht für andere.

G. B. Shaw

Wo sollte man Damenbekanntschaften machen? Straßenbekanntschaften sind nicht zu empfehlen. Frauen, die sich auf der Straße ansprechen lassen, werden uns eines Tages auf dieselbe Art und Weise von einem anderen ausgespannt werden. Die Straße spielt ohnedies schon eine bedeutende Rolle in unserem Leben, es ist besser, wenn sie mit unserem Privatleben nichts zu tun hat.

Das Gesellschaftsleben hat eine doppelte Funktion. Man kann bei geselligen Zusammenkünften sehr leicht die Frau finden, die man sich wünscht, aber ebenso leicht kann man die Frau, die einem angehört, verlieren. Bedauerlicherweise verliert man zumeist, was man lieber behalten hätte, während das, was man gerne losgeworden wäre, keinen Abnehmer findet.

Was ist eigentlich das Gesellschaftsleben? Zu einem bestimmten Anlaß kommt eine Anzahl von Menschen zusammen – ein jeder in dem Glauben, weit wertvoller zu sein als alle übrigen –, um ihre Meinung über jene auszutauschen, die gerade nicht anwesend sind.

Eine zweite Grundlage des Gesellschaftslebens ist die Neigung der Menschen, sich auf andere zu stützen. Dabei tun sich jene am meisten hervor, die ihrerseits jegliche Gefälligkeit abzulehnen pflegen.

Die Gesellschaft setzt sich aus drei Schichten zusammen: *erstens* die Verwandten, *zweitens* die Freunde, und *drittens* jene Leute, an die uns irgendein Interesse bindet. Das ist also unser Bekanntenkreis. Mit höchstens einem Drittel, nämlich den engsten Freunden, verbindet uns wahre Freundschaft, da sie die einzigen sind, die man sich aus freiem Willen erwählen kann. Damit sind natürlich auch Enttäuschungen bereits Tür und Tor geöffnet. *Das Schicksal verbindet uns immer mit jenen am engsten, denen wir am liebsten ausweichen möchten,* sagt La Fontaine.

Beginnen wir also mit den Verwandten: Sie werden uns unbestellt ins Haus geliefert; eine freie Wahl ist hier unmöglich. Heiraten zwei Menschen, so haben sie die Angehörigen beider Seiten zu ertragen. Das ist die erste und zugleich die härteste Strafe in jeder Ehe, da sie immer die vollkommen Unschuldigen trifft. Es ist schon für zwei Menschen schwer genug, einander ein ganzes Leben hindurch zu lieben. Kein Wunder, daß für Leute außerhalb der Familie nicht mehr allzu viel Liebe übrigbleibt.

Das gesellschaftliche Leben spielt sich zwischen zwei Polen ab: den Einladungen, die man gibt und jenen, die man besucht hat. Eines ist so unerfreulich wie das andere.

Im Planungsstadium einer solchen Einladung sagt gewöhnlich die Frau zu ihrem Mann: ‚Wilhelm, morgen muß ich die Steffi und ihren Mann einmal einladen. Wir sind ihnen schon lange eine Revanche schuldig. Ruf doch bitte schnell die Meyers an. Wenn die auch kommen, haben wir wenigstens beide auf einmal hinter uns gebracht.‘

Wieviel einfacher hatten es doch die Steinzeitmenschen! Das sprach etwa die Steinmama zum Steinpapa: ‚Unser Nachbar hat seiner Frau ein wundervolles geflecktes Hyänenfell verschafft. Mehr sage ich nicht!‘

‚Schon gut‘, erwiderte der Steinpapa. ‚Ich werde ihn besuchen.‘ Daraus durfte man entnehmen, daß der Mann im Sinn hatte, seinen Nachbarn der Einfachheit halber zu erschlagen. Der gute Mann nahm also seine Keule aus der Ecke und machte sich auf den Weg. Besuche waren damals durchaus keine ungefährliche Sache. Nicht selten gab es kein Wiedersehen, weil es natürlich auch passieren konnte, daß der Besucher selbst auf der Strecke blieb.

Welch glückliche Zeiten waren das doch, als man wenigstens noch wußte, weshalb man erschlagen wurde. Heute weiß man sogar das nur mehr höchst selten.

Worauf also beruht das heutige Gesellschaftsleben? Nun, das Weib braucht Freundinnen, um mit ihnen über die Männer herzufallen, und der Mann benötigt Freunde, um diese ausnützen zu können.

Ein normaler Mensch begibt sich niemals in eine Gesellschaft ohne irgendwelche Absichten. Um Leute, die so etwas freiwillig tun, sollte man einen großen Bogen machen.

Beobachten wir einmal die Damen auf dem gesellschaftlichen Parkett. Unsere Gattin begrüßt ihre Freundin mit überschwenglicher Herzlichkeit: sie bewundert ihre Frisur, ihr Kleid, ihren Geschmack, versichert ihr, daß sie immer jünger und schlanker werde und kann sich vor lauter Freude, sie wiederzusehen, kaum halten.

Dabei klingt uns noch ihr Wortschwall, bevor wir das Haus verließen, im Ohr: Auch Gott, schon wieder muß ich diese alte Schachtel über mich ergehen lassen!

Ich identifiziere mich da völlig mit Lord Byron: *Man soll seine Frau gut ernähren und kleiden, aber von gesellschaftlichen Anlässen jeglicher Art sollte man sie nach Möglichkeit fern halten.*

Wer zu einem regen Gesellschaftsleben verurteilt ist, wird sich auch mit der öffentlichen Meinung abfinden müssen. Diese wird von einer Anzahl alter Weiber gebildet, die den Rest ihrer Tage damit verbringen, ihre Umwelt zu kritisieren.

Alte Damen sind fähig, Begebenheiten, die schon Jahrzehnte zurückliegen, in allen unwichtigen Einzelheiten unter die Lupe zu nehmen: Wer wen zur Frau oder zur Geliebten hatte, wer wen mit wem betrogen hat. Sie erinnern sich sogar, was die Betreffende damals für ein Kleid trug. Würde man sie jedoch fragen, was sie heute zu Mittag gegessen haben, wüßten sie das nicht mehr zu sagen.

Es ist erschreckend, wieviel Niederträchtiges solche alten Frauen von ihren Geschlechtsgenossinnen zu berichten wissen, wobei die eigene Familie den beliebtesten Gesprächsstoff darstellt.

Es ist daher absolut nicht ratsam, intime Angelegenheiten einer Frau anzuvertrauen. Was man so unüberlegt von sich gegeben hat, wird man bis zur Unkenntlichkeit verzerrt bald wieder zu hören bekommen. Ein bloßer Verdacht wird als unumstößliche Tatsache weitergegeben. Man hätte in diesem Fall lieber ein Flugblatt herausgeben sollen, dann wäre es einem wenigstens möglich gewesen, den Inhalt selbst zu formulieren.

Bei Männern ist immerhin anzunehmen, daß die Weiterverbreitung von Klatsch irgendwann einmal ein Ende findet. Schließlich erfordert diese Tätigkeit eine gewisse Anstrengung, und Männer sind im Grunde ihres Herzens faul. Frauen hingegen denken und arbeiten immer mit dem Herzen und behalten nie exakt, was ihnen einmal erzählt wurde.

Wenn eine Frau sich über ihren Mann beklagt, gibt ihr jede andere unbesehen recht. Sie halten zusammen wie Pech und Schwefel und verstehen einander auch ohne Worte. Es braucht eine nur die Augen gen Himmel zu erheben und auf ihren Mann zu zeigen, und schon ist die andere vollkommen im Bilde.

Frauen freuen sich meistens mehr darüber, etwas Schlechtes über ihre Geschlechtsgenossinnen zu hören als etwas Lobendes. Während ein Mann wiederum dem anderen auch dann nicht hilft, wenn er die beste Meinung von ihm hat.

Eine geistreiche Frau versüßt, was sie sagt, und versalzt, was sie hört, sagte Mme de Stael.

Es gibt nur ein Geheimnis, das die Frauen bestimmt nicht ausplaudern, und das ist ihr Alter."

DIE FRAU

Vergessen wir nicht, daß wir vieles vergessen müssen, wenn wir mit den Frauen auskommen wollen.

Peter Altenberg

Es war ein ruhiger, milder Nachmittag: die Luft war weich wie Samt. Mit meinem alten Freund spazierte ich gemächlich die Esplanade entlang.

„Wissen Sie, mein Lieber", sagte er, „nach der Überzeugung der Hindus erschuf Gott die Frau aus folgenden Zutaten: aus einem Bündel Unkraut und einer Handvoll Blumen, aus der Elastizität der Schlange, der Schlauheit des Fuchses, dem Samt des Rosenblattes, der Eitelkeit des Pfaus, der Biegsamkeit des Schilfes, der Neugierde der Affen, der Schmiegsamkeit der Schlingpflanzen, der Störrischkeit des Esels, dem Glanz der Sonnenstrahlen, dem Schmeicheln der Katze, der Wechselhaftigkeit der Wolken, der Treue des Hundes, der Launischkeit des Windes, der Geduld des Schafes, den Flaumfedern junger Vögel, der Härte des Diamanten, der Süße des Honigs, der Grausamkeit der Tigerin, der Frechheit der Fliegen, dem Gurren der Tauben und dem Geschwätz der Elster und aus Feuer, Eis und Schnee.

Um die Frauen wirklich zu verstehen, müßten

wir zuerst die Irren studieren. Die weibliche Denkweise entbehrt nämlich jeglicher Logik."

„Warum genügt es Ihnen denn nicht, daß sie schön und liebevoll sind? Meiner Meinung nach sollte man vielleicht auch einmal die Frauen fragen, wie sie über uns Männer denken?"

„Tun Sie das lieber nicht, schon deshalb, weil eine anständige Frau nur ihren eigenen Mann kennen darf. Man kann nur Menschen wirklich kennen, mit denen man zusammengelebt hat. Und nach einem einzigen Mann ist es doch wohl nicht möglich, *die* Männer zu beurteilen. Oder wollen Sie sich auf das Urteil einer Dirne stützen, die natürlich diesbezüglich die meiste Erfahrung hat? Abgesehen davon, daß es lächerlich wäre, die Männer nur nach ihrem Sexualverhalten zu bewerten?

Schon der Unterschied zwischen einer Frau und einem Mädchen ist verblüffend, von ihren Ansichten ganz zu schweigen. Mädchen leben wie im Traum, sie glauben an das Unmögliche; im Gegensatz zu den Frauen, die nicht einmal das glauben, was sie sehen. Weibliche Wesen leben immer in Extremen und lassen sich jederzeit von persönlichen Gefühlen der Liebe und des Hasses leiten."

Wir gehen wortlos nebeneinander. Plötzlich bleibt mein Freund stehen: „Niemand verfügt über eine so enorme Phantasie, daß er fähig wäre, das Weib zu begreifen. Alles Negative, aber auch alles Positive lebt in einer verheirateten Frau. Ihre Verhaltensweise wirft jegliche Regeln und Gesetzmäßigkeiten über den Haufen.

Der erste Mann soll sich gelangweilt haben, weil er alleine war. Deshalb wurde das Weib erschaffen, und seither kann von Langeweile nie mehr die Rede sein. Seither spuken in allen Köpfen eine Menge verbrecherischer Gedanken, die auch vor dem Ärgsten nicht zurückschrecken.

Semper aliquid haeret, frei übersetzt: Etwas bleibt immer zurück. Die Frau wird zum Spiegelbild des Mannes, den sie einst liebte. Sie übernimmt alle seine schlechten Gewohnheiten, seine ganze Mentalität. Daher hat man es bei einer Frau meist mit einem coctailartigen Charakter zu tun, der nicht gerade aus den edelsten Zutaten gemixt wurde. Eine solche Wesensänderung findet man bei einem Manne niemals. Auch wenn er laufend unzählige Liebesaffären hat, so handelt es sich dabei immer nur um körperliche Beziehungen.

Die vollkommene Eintracht ist nur mit der Traumfrau möglich, die man niemals kennenlernt, sagte Huysmans. Es ist kompletter Unsinn, von einem Frieden zwischen Mann und Frau zu reden. Es gibt nur den ewigen Kampf der Geschlechter. Diesen Krieg nimmt niemand zur Kenntnis, obwohl wir ihn doch Tag für Tag erleben. Und er wird nicht enden, solange die Welt besteht."

„Das Weib hat natürlich in der Weltgeschichte immer schon eine wichtige Rolle gespielt. Denken wir nur an die Mätressen der Herrscher, die oft einen erheblichen Einfluß auf das Geschick der jeweiligen Länder ausgeübt haben. Selbstverständlich spielten die seelischen und geistigen Eigenschaften solcher Frauen eine erhebliche Rolle, und nicht selten erzielten sie bessere Resultate als die rohe Gewalt."

„Aber kommen wir zurück zur Durchschnittsehe.

Bereits nach einigen Jahren des Zusammenlebens beklagt sich die Frau darüber, daß ihr Mann sie nicht verstehe."

„Im Grunde sind unverstandene Frauen leicht zu verstehen, vorausgesetzt, daß man nicht mit ihnen verheiratet ist."

„Es ist eigentlich ein Wunder, wenn es und auch nur kurze Zeit mit einer Frau gutgeht, sagte Fallada. Das Unglück in unserem Leben beginnt, sobald sie auf den Plan tritt. Wir haben nämlich nur solange das Glück, ein selbständiges Leben zu führen, solange sie nicht die Hauptrolle darin spielt."

„In alten Zeiten mußte der Mann seine Frau nach der Begattung verlassen, um seinen Pflichten anderen Weibern gegenüber nachzukommen. Er hat seine diesbezüglichen Verpflichtungen sicher immer mit der größten Gewissenhaftigkeit wahrgenommen. Da aber die Erde trotz Verwüstung und Kriegen eher überbevölkert ist, hat die Vielweiberei ihren Sinn verloren. Trotzdem liegt die Tendenz dazu dem Mann immer noch im Blute. Wie die Pflanze sich dem Licht zuwendet, so wendet sich der Mann jedem Weibe zu, das er erblickt. Er gibt sich alle Mühe, bei keiner lange zu verweilen, um ja nichts zu versäumen. Andernfalls hat er das Gefühl, umsonst gelebt zu haben. Daran hat sich seit Urzeiten nichts geändert.

Ich sage Ihnen, mein Lieber, weder Weiberhelden noch langverheiratete Männer kennen sich bei den Frauen wirklich aus. Dazu halten sich die Erstgenannten zu kurz und die anderen zu lange bei ihnen auf.

Der bekannte Frauenliebling Antonin de Lauzun,

der zur Zeit Ludwigs des XIV. lebte, hatte durchaus kein anziehendes Äußeres. Er war klein, von gelblicher Hautfarbe, es fehlten ihm einige Zähne und zudem hatte er einen unangenehmen Mundgeruch. Trotzdem ist die Anzahl der von ihm verführten Frauen erschreckend hoch. Übrigens war auch Casanova kein Adonis. Gar nicht zu reden von dem kleingewachsenen Richelieu, der an Niedertracht und Gewissenlosigkeit Casanova noch weit übertraf."

„Meist sind es die wertlosesten Frauen, die sich am leichtesten erobern lassen."

„Um eine Frau zu erobern, braucht man ihr nur lauter ungereimtes Zeug vorzuschwätzen wie: ‚Ich kann ohne Sie nicht leben!' Natürlich sagt man das ganz leise, mit gesenktem Kopf und einem tiefen Seufzer."

„Mit der Zeit habe ich den Glauben an die Frauen verloren. Glücklich war ich mit jeder von ihnen höchstens einige Tage, dafür aber um so unglücklicher das restliche Leben lang."

„Im Grunde ihres Herzens ist die Frau eher naiv, was einem am meisten bei jungen Mädchen auffällt. Dieses Stadium dauert bekanntlich allerdings nur so lange, bis der erste Mann sie verführt hat. Diesbezüglich las ich kürzlich im Ratgeberteil einer deutschen Zeitschrift folgenden haarsträubenden Leserbrief:

‚Vor einem halben Jahr machte ich die Bekanntschaft eines jungen Mannes, und wir verliebten uns ineinander. Er versprach, mich bald zu heiraten, und so gab ich ihm sukzessive alles, was ich besaß, meine gesamten Ersparnisse, meinen Schmuck und alles sonstige bewegliche Hab und Gut. Er versicherte mir, an einer aussichtsreichen geschäftlichen Unternehmung beteiligt zu sein, nur brauche er unbedingt etwas Kapital. Dann verreiste er frohgemut und ließ mich als die glücklichste Frau der Welt zurück. Die darauf folgenden zwei Monate hat er mir weder geschrieben noch meine Briefe beantwortet. Ich war schon sehr besorgt und fürchtete, er könne vielleicht schwer krank sein. Letzthin habe ich jedoch erfahren, daß er von der mir angegebenen Adresse an einen unbekannten Ort abgereist sei. Meinen Sie, ich könnte hoffen, daß ihm nichts zugestoßen ist?‘ “

„Hier handelt es sich allerdings um ein besonders argloses Geschöpf. Aber ich beharre darauf, daß die Frau ein sonderbares Wesen ist, gut und schlecht zugleich. Von einigen gesegnet und von vielen verflucht. Manchmal hat man das Gefühl, es mit dem Teufel persönlich zu tun zu haben!

In längst vergangenen Zeiten gab es den Keuschheitsgürtel, so daß der Mann der Treue seiner Frau jederzeit sicher sein konnte. Heute bräuchte man nur die Mode der Mieder wiedereinzuführen; ich meine diese hohen, steifen, mit Fischbein verstärkten Mieder meiner Großmutter, bei denen das Öffnen und Schließen gut eine Stunde in Anspruch nahm. Eine solcher Aufwand würde sich für einen kurzen Liebesakt kaum lohnen. Man ließe die Damen lieber treue Ehefrauen bleiben.“

„Wo sind die Zeiten“, setzte der Alte nachdenklich hinzu, „als die Japanerin noch selbst die Geliebte für ihren Mann auswählte und dabei seinen Geschmack sehr wohl in Betracht zog?“

„Die Männer kämpften nur für *schöne* Frauen. Die übrigen müssen selbst den Kampf aufnehmen. Wer gut aussieht, paßt sich niemals an, ist in der Liebe eher bequem, läßt sich lieben und erträgt Zärtlichkeiten gnädig, anstatt selber ein wenig zärtlich zu sein.

Obwohl sich die Männer in Gesellschaft strahlend schöner Frauen bestimmt sehr wohl fühlen, ziehen sie zum Heiraten doch die weniger Auffallenden vor, von denen sie eher glauben, ein dauerhaftes Glück erhoffen zu dürfen.

‚*Es gibt keine wirklich häßlichen Frauen*', sagte La Bruyere, ‚*es gibt nur solche, die nicht hübsch sein können.* Irgend etwas bezaubert einen doch an jeder Frau. Die eine hält sich kerzengerade, die andere hat lange, schlanke Beine oder leuchtende Augen, dann wieder trifft man eine mit einem wohlgeformten Busen, schönem Haar oder einer wohlklingenden Stimme. Blendend weiße Zähne garantieren schon den halben Sieg in der Liebe.

Von all diesen Eigenschaften genügt, wie gesagt, schon eine einzige, um eine Frau attraktiv erscheinen zu lassen. Doch Schönheit ist gewiß nur äußerer Glanz und durchaus keine Lebensnotwendigkeit. Marmorbusen sind übrigens reine Legende. Der Busen ist flaumig weich und lauwarm, nicht aber hart und kalt. Auch süße Küsse gibt es gottlob nicht. Das wäre ja gräßlich!"

„Die weibliche Schönheit ist wie ein glänzender Edelstein: Jeder will mit ihm prunken und darum beneidet werden. Es ist bestimmt ein erhebendes Gefühl, einen solchen Schatz zu besitzen! Aber in Bälde überfällt uns Angst und Zittern, und wir möchten unseren Schatz am liebsten in dem hintersten Winkel der Schublade verstecken, damit er nicht gestohlen wird, auch wenn der Dieb dabei gar kein gutes Geschäft machen würde."

„Wie die Früchte verschieden geformt sind, und verschieden schmecken und gerade so eine wunderbare Mannigfaltigkeit aufweisen und Gottes spielerische Laune zeigen, so sind auch die Frauen grundverschieden voneinander. Eine jede ist so am schönsten, wie Gott sie geschaffen hat, und so kommt jeder Mann auf seine Rechnung.

De gustibus non est disputandum. Die Geschmäkker sind eben verschieden, und jeder Mann hält seine Flamme für die Schönste auf der ganzen Welt."

„Bei vielen Frauen treibt allerdings die Körperpflege seltsame Blüten. Neros Gattin Popäa badete täglich in Eselsmilch, Maria Stuart in den teuersten Weinen, die danach noch teurer an ihre Bewunderer zum Trinken verkauft wurden.

Elisabeth von Bathory, die einflußreichste und berühmteste ungarische Missetäterin des XVII. Jahrhunderts, ließ gar wegen ihrer abergläubischen Vermutung, daß das tägliche Baden in Blut ihre Schönheit erhalten könne, an die 600 unschuldige junge Mädchen töten."

„Deutsche Frauen sind ausgezeichnete Hausfrauen. Die Französinnen sind reizvoll und geistreich. Die Italienerin hat einen klassisch schönen Körper. Waitz, ein deutscher Historiker, war von den Ungarinnen begeistert: Er empfand sie als wunderbar rassig, Musterbeispiele an Charme und seelischer Gesundheit."

„Männern fällt zuerst die Figur der Frau und ihr

Charme auf. Beides ist wichtiger als ein hübsches Gesicht. Doch auch reizvollen Rundungen zuliebe nimmt man allerhand in Kauf."

„Sagen Sie, mein Freund, hat eigentlich die legendäre Leilla nichts über den vollkommenen Mann zu sagen gewußt?"

„Nur, daß er reich sein müsse."

„Nun, das kann ja gewiß nicht schaden. Warum aber meinen Sie, daß es in keinem Zeitalter eine Beschreibung des vollendeten Mannes gegeben hat? Wenn es sie noch nie gab, so wird es sie wohl auch in Zukunft niemals geben."

DAS KLEID

Frauen tragen schwere Schicksalsschläge leichter als ein altes Kleid

... sagen die Deutschen

„Das Schicksal der Frau ist es, sich auszuziehen. Dabei zieht sie sich doch so gerne an! Wenn das Ausziehen bei der Frau ebenso viel Aufwand verlangte wie das Anziehen, so kämen nicht sehr viele Kinder zur Welt. Einen so geduldigen männlichen Verehrer gibt es nämlich gar nicht", sagte mein alter Freund. „Welcher Mann hat noch nicht die Klage aus dem Mund einer Frau gehört: ‚Ich habe nichts zum Anziehen!'

Schon vor Christi Geburt schrieb eine Ägypterin an ihre Freundin, sie könne sie nicht besuchen, da sie nichts anzuziehen habe. Und dabei ist es geblieben bis auf den heutigen Tag, und, wie mir scheint, wird es auch weiterhin so bleiben, solange die Welt besteht.

Es liegt sonderbarerweise in der Natur der Frau, Kleidungsstücke, die ihre Bekannten bereits gesehen haben, als nicht vorhanden zu betrachten. Elisabeth von England besaß 3.500 Kleider, also beinahe 10 Stück für jeden Tag des Jahres. Mehr als 2.000 davon hatte sie schon beim bloßen Anblick satt, ohne sie jemals getragen zu haben.

Man beobachte nur einmal, wie zwei Frauen,

wenn sie sich treffen, einander gründlich mustern. Sie schätzen sich gegenseitig nach ihrer Kleidung ein. Vom äußeren Erscheinungsbild der anderen hängt es ab, ob sie zufrieden ihren Weg fortsetzen oder nervöses Herzklopfen bekommen und wutentbrannt davoneilen."

„Lassen Sie mich auch einmal zu Wort kommen!"

„Bitte."

„In seinem ureigensten Interesse sollte ein Mann in modischen Fragen seiner Frau niemals widersprechen. Er pflichte ihr auf jeden Fall bei, und wenn sie etwas häßlich findet, so soll er nach Möglichkeit noch härtere Worte bei der Hand haben, besonders, wenn es sich um das Kleid einer Freundin handelt. Wenn sich das Thema endlich erschöpft hat, so füge er am besten noch hinzu: ‚Wie kann ein Mann nur eine derart geschmacklos gekleidete Frau lieben?'

Es ist für jede Frau ein wohltuendes Gefühl, wenn ihr Mann ihr in Kleiderangelegenheiten den Rücken stärkt. Dabei besteht allerdings die Gefahr, daß die Debatte in dem Vorwurf mündet, sie selbst besitze nur noch alte Fetzen. Dieser Gefahr kann man begegnen, wenn man ihr jedesmal verspricht, ihr alle Wünsche zu erfüllen, sobald die nötigen finanziellen Mittel dazu vorhanden sein werden. Das Versprechen ist das Wichtigste, denn solange sie uns liebt, wird sie sich damit zufrieden geben. Wenn sie uns aber nicht mehr liebt, lohnt es sich ohnedies nicht mehr, ihr etwas zu schenken, nicht einmal eine Stecknadel.

Frauen und Kleider gehören nun einmal zusammen, da kann man nichts machen. Es ist gescheiter, sich damit abzufinden, als ein Leben lang mit einer verbitterten Frau zusammenzuleben.

Vor einigen Jahren konnte man in einem deutschen Kaufhaus für 59 Mark ein Kleid von der Stange erwerben, bei dem das Hinterteil der frischen Luft ausgesetzt war. Ein Lob den Frauen: es war ein miserables Geschäft."

„Das wichtigste modische Accessoire der Frau ist ihr Hut. Sie rückt ihn hin und her, zupft ihre Haare nach links oder rechts und betrachtet sich dabei nachdenklich im Spiegel, von vorne, aber auch von hinten. Die Gutmütigkeit der Männer ist schon dadurch erwiesen, daß sie noch nie eine Frau bei dieser Tätigkeit umgebracht haben!

Die Frau und ihr Spiegel sind nicht voneinander zu trennen. Ein kleines Exemplar führt sie als heiligen Talisman ständig in ihrer Handtasche mit sich. Mein Lieber, ich möchte Sie ja nicht mit statistischen Zahlen langweilen, aber es wurde bereits ungefähr berechnet, wieviele Stunden die Frauen vor dem Spiegel verbringen. Das Ergebnis war ziemlich niederschmetternd. Wenn wir dazu noch die Zeit hinzurechnen, die sie zum Anziehen brauchen, beim Friseur sitzen, in Kosmetiksalons verbringen, sich bei ihrer Schneiderin aufhalten, mit Bädern und Massage zubringen, mit ihren Freundinnen telefonieren, und schließlich noch die Zeit, in der sie uns betrügen, so wird man verblüfft sein, wie wenig Zeit für uns übrig bleibt. Wenn wir sie aber verlassen, beteuern sie, uns ihr ganzes Leben geopfert zu haben. Alles in allem: die Zeit ist der größte Feind der Frau."

Damit hatte der Alte seine Ansprache beendet,

dann fragte er mich plötzlich: „Empfinden Sie es als schmerzlich, alt zu sein?“

„Le Sage sagte: *Ich freue mich sogar darüber, denn, wenn ich nicht so alt wäre, wäre ich schon tot.*“

DAS GLÜCK

Scheint dir auch das Leben rauh,
Sei still und zage nicht.
Die Zeit, die alte Bügelfrau,
macht alles wieder schlicht.

Wilhelm Busch

„Wenn ich mir überlege, wie oft in meinem Leben ich glücklich war, so kann ich mich nur an einige wenige Stunden erinnern. Ich glaube kaum, daß es anderen besser erging", meditierte der Alte. „Nehmen wir beipielsweise einmal eine vergangene Liebschaft und denken wir dabei an alles zurück: Nicht nur an die leidenschaftlichen Küsse, die Verwirklichung unserer Träume, sondern denken wir auch an die mannigfachen Qualen zurück. Wie oft hat man an ihrer Liebe gezweifelt und sich gefragt, ob es auch wirklich Liebe sei, oder ob sie uns nicht doch eines Tages verlassen könnte?

Wenn wir uns an all das zurückerinnern, werden wir zu der Überzeugung gelangen, daß man an das Glück keine großen Ansprüche stellen darf. Man sollte sich an jedem kleinen Glücksmoment freuen, und davon gibt es sehr viele, vorausgesetzt man ist imstande, sie zu erkennen. So hängt das Glück im Grunde genommen nur von dieser unserer Fähigkeit ab. Luis Borges sagte einmal: *Ich machte mich der größten Sünde schuldig, die ein Mensch begehen kann, ich war nicht glücklich in meinem Leben.*

Es ist sicher, daß man jederzeit riskiert, sich seine Glücksmöglichkeiten durch eigene Dummheit zu verpatzen, was man in den meisten Fällen auch tatsächlich tut."

„Jenes Glück allerdings, das man von den Rundungen der Frauen erwartet, geht schnell vorüber, und wenn man den Gegenstand wechselt, gerät man vom Regen in die Traufe."

„Der größte Anreiz jeder Frau ist die Neuheit, und mit diesem Reiz täuscht sie uns über ihre weniger erfreulichen Seiten hinweg.

Wenn es ein Haus des Glückes gäbe, so bestünde der größte Teil der Räume darin aus Wartezimmern, sagte Renard. Ergänzend kann man noch hinzufügen, daß die Abwechslung lediglich darin besteht, daß man in den Wartezimmern jedesmal mit einer anderen Frau sitzt."

„Eigentlich ist das Glück negativ und das Unglück positiv. Das Glück ist nichts anderes als ein Mangel an Unglück. Nur eine kurze Atempause, damit wir Kummer und Schmerzen, die das Leben uns allen aufbindet, ertragen können. Ohne Unglück gäbe es auch kein Glück. Wir könnten es nicht erkennen. Das Glück wird mit Unglück bezahlt. Man bekommt nichts im Leben umsonst, höchstens die Krankheit erhält man gratis.

Je länger man sich nach etwas sehnt, umso zufriedener ist man, wenn man es endlich erhält. Das Wasser hat einen anderen Geschmack, wenn man sehr durstig ist. Ein warmes Zimmer wird viel behaglicher, wenn man es mit durchfrorenen Gliedern betritt. Die Rast ist köstlicher für den, der sich vorher müde lief, und Hunger ist der beste Koch, denn alle Not und alles Leid setzen deine Ansprüche herab.

Wer die Entbehrungen nicht kennt, vermag den Wohlstand nicht zu genießen; wer nicht arbeitet, hat keine Ahnung, wie schön die Stunden der Entspannung sein können.

Um wieviel glücklicher sind also diejenigen, die um jedes kleine Glück kämpfen müssen, im Vergleich zu jenen anderen, denen gleichsam alles in den Schoß fällt und die häufig die wertvolleren Stunden des kleinen Glücks vergeuden, obgleich gerade diese die wahre Seligkeit bedeuten. Denken wir daran, was Goethe sagte:

Alles in der Welt läßt sich ertragen,
Nur nicht eine Reihe von schönen Tagen.

Zum Glück gibt es kein dauerhaftes Glück, auch die Armen finden nur Schritt um Schritt ihr Glück; zugegeben, es handelt sich um bescheidene und kleine, bedeutungslose Dinge; aber je kleiner sie sind, desto häufiger kommen sie vor. Die Seligkeit zu erreichen ist schwer, wenn man vermögend ist. Großes Glück ist verdächtig, nur die kleinen Freuden sind ungetrübt. Wohlhabenden Leuten bedeutet ein sorgloses Leben nichts mehr. Vieles, was den Armen große Freude bereitet, läßt sie gleichgültig. *Den kleinen Menschen gehören die kleinen Freuden,* sagte Horaz."

„Wer um sein Glück kämpft, jagt in Wirklichkeit seinem Unglück nach. Wenn man bedenkt, daß ja ohnedies alles vorübergeht, so erkennt man, wie unnütz es ist, beständig seinen Wunschvorstellungen nachzulaufen."

„Glück und Unglück definiert man am besten

anhand des Liebeslebens, weil hier die wesentlichsten Ereignisse des Lebens stattfinden. Ein Beispiel, wie erlittenes Leid einem zur Freude verhelfen kann: Jemand beschließt, mit seiner Geliebten einen angenehmen Abend zu verbringen. Da verrät ihm ein Freund, daß seine Geliebte ihn betrügt, was sich aber bald als nicht zutreffend herausstellt. Diese Erkenntnis wird ihn so glücklich machen, daß er sogar fähig wäre, einem Bettler zehn Groschen zu schenken, und der gemeinsame Abend wird ihm alle Seligkeit auf Erden bescheren."

„*Tarditatem supplicii gravitate compensat,* sagte Pázmány, der ungarische Kardinal. Frei übersetzt, ist damit gemeint: Wenn die in einem Abschnitt deines Lebens Schmerz und Kummer erspart bleiben, so kannst du sicher sein, daß eine Kompensation irgendwelcher Art nicht ausbleiben wird. *Die Leiden sind wie die Kinder: wenn man sich zuviel um sie schert, werden sie unerträglich,* sagte Segal.

Die Pflastersteine unseres Lebensweges bestehen abwechselnd aus Weinen und Lachen, um unsere Seele im Gleichgewicht zu erhalten."

„Eine demoskopische Umfrage ergab kürzlich, daß die Deutschen bei den Frauen in erster Linie Sparsamkeit, dann Treue, Reinlichkeit und Gesundheit schätzen. Klugheit figuriert an letzter Stelle."

„Bei uns ist die Reihenfolge eine völlig andere. An erster Stelle steht der Komfort, dann der Friede, den man mit Frau und Kindern genießen möchte, und erst zuletzt kommen die Gesundheit und die Achtung in den Augen der Mitmenschen. Ruhm wird also nicht sehr hoch bewertet.

Wenn das Unglück keinen großen Lärm macht, wird es als Glück angesehen, meinen die Deutschen.

Das größte Unglück ist es, kein Unglück ertragen zu können, sagte Bias.

Wer an Gott glaubt, kann überhaupt niemals wirklich unglücklich sein, denn seine Seligkeit entspringt dem inneren Frieden, der mit der äußeren Welt nichts zu tun hat."

DAS WORT

Die Sprache ermöglicht es den Menschen, ihre Gedanken zu verbergen.

Young

„Man weiß seit langem, daß das Reden nicht mehr der Verständigung zwischen den Menschen dient. Es geht nur darum, einander geschickt hinzuhalten. Dies sieht man am deutlichsten, wenn man es mit Frauen zu tun hat.

Mit einer Durchschnittsfrau gibt es nur in der Phantasie der Romanschriftsteller ein vernünftig geführtes, zusammenhängendes Gespräch, das einen einigermaßen logischen Verlauf aufweist. Meist ist alles Reden mit ihr bloße Zeitverschwendung."

„Frauen haben ihr eigenes Vokabular. Bei ihnen bedeutet ein *Ja* manchmal *Vielleicht*, und *Vielleicht* sollte manchmal als *Nein* verstanden werden."

„Na ja, jetzt nicht mehr", bemerkte der Alte.

„*Wenn man viel spricht, wird man immer irgend etwas verraten, was man lieber verschwiegen hätte,* sagte Konfuzius.

Frauen haben die Gewohnheit, in allen Einzelheiten Dinge zu erortern, von denen man eigentlich überhaupt nicht reden sollte."

„Endlich einmal ein wahres Wort über die Frauen, zu deren Schutzengel Sie sich aufspielen! Männer handeln und Frauen reden. Anläßlich einer

Meinungsverschiedenheit ist es entschieden besser, zurückzustecken, als sich zu einem heftigen Wortwechsel hinreißen zu lassen, denn dann bekommt man Dinge an den Kopf geworfen, die man nur schwer hinnehmen kann. Die beste Antwort in solchen Fällen ist Schweigen. Damit bringt man die Dame aus der Fassung und sie fühlt sich wirklich getroffen. Es ist nicht immer ganz leicht abzuwarten, bis ihr Mundwerk stillsteht."

„Natürlich sollte die Frau sich ähnlich verhalten und Familienkrachs vermeiden. Aber bei ihr kann man in einem solchen Fall nie vorhersehen, wie es ausgeht.

Eine schweigende Frau wirkt auf jeden Mann beruhigend. Er nimmt an, ihr Schweigen habe zu bedeuten, daß sie ihr Unrecht eingesehen hat, und er akzeptiert es als eine Art Entschuldigung.

Nur primitive Männer bekommen Wutanfälle. Ob sie einen solchen vor sich hat, kann allerdings die Ehefrau am schwersten beurteilen. Hier ist Vorsicht angebracht. Auf gar keinen Fall sollte sie sich die Ohren zuhalten und inmitten der Auseinandersetzung aus dem Zimmer stürzen, denn damit bringt man sogar den lammfrommsten Mann auf die Palme."

„Mein Lieber, es lohnt sich, zwei Frauen dabei zuzusehen, wie sie sich voneinander verabschieden. Wie lange sie damit zubringen, obwohl sie vorher doch genügend Zeit hatten, sich auszusprechen! Sie können sich kaum voneinander trennen. Sie bleiben stehen vor der Salontür, im Flur, vor der Wohnungstür, im Treppenhaus. Es nimmt kein Ende. Zu ihren besonderen Vorlieben gehört es auch, die

Tür des Fahrstuhls längere Zeit offen zu halten und dabei weiterzureden.

Frauen können in alles hineinreden, sagte bereits Ovid. Unterhalten sich zwei Männer in Anwesenheit einer Frau, so tut sie alles menschenmögliche, um das Gespräch zu stören oder wenigstens in nächster Nähe mit jemand anderem eine lautstarke Unterhaltung zu beginnen. Frauen lieben es, über den Tisch hinweg Gespräche zu führen, möglichst, wenn noch eine Menge Leute dazwischen sitzen. So ist es noch leichter, die Gesprächspartner aus dem Konzept zu bringen.

Nehmen wir einmal an, mein Lieber, Sie haben jemanden eingeladen, um mit ihm eine wichtige Angelegenheit zu besprechen. Ihre Gattin weiß das sehr genau, trotzdem wird sie ständig bemüht sein, das Gespräch mit unwesentlichen Fragen zu unterbrechen. ‚Wie geht es Ihrer lieben Gattin und der verehrten Schwiegermutter?' wird sie ihn zum Beispiel fragen, und schon ist seine Stirn umwölkt.

Im Stellen überflüssiger Fragen ist sie unerschöpflich. Besonders mit ihren Hausfrauentätigkeiten bringt sie uns in solchen Fällen zur Verzweiflung. Mitten im wichtigsten Teil des Gesprächs erkundigt sie sich, ob der Gast den Kaffee mit zwei oder drei Stück Zucker trinke. Solch eine simple Frage nimmt geraume Zeit in Anspruch: ‚Also, Sie möchten zwei? Interessant, mein Mann trinkt seinen Kaffee immer mit drei Stück Zucker. Ich muß hinzufügen, daß ein Bekannter von uns ihn nur bitter mag. Angeblich ist er so am schmackhaftesten. Wollen Sie nicht doch lieber noch einen Würfel nehmen? Wissen Sie, ich habe eine Freundin . . .'

Aber man muß erst am entscheidenden Höhepunkt der Besprechung angelangt sein, dann geht es von neuem los: ‚Bitte, kosten Sie einmal davon! Du lieber Gott, Sie haben ja kaum etwas gegessen! Hoffentlich ist es nicht Ihrer Linie wegen. Wissen Sie, ich habe eine Freundin . . .“

Ihre Erfindungsgabe ist unübertrefflich. Am liebsten würde er seiner holden Ehehälfte sagen:

‚Mein Herzchen, geh lieber schlafen! Du siehst sehr angegriffen aus.‘ Er würde seine Nachtruhe riskieren.

Wer aber sagt schon so etwas? Kein Mensch hat die nötige Courage, eine solche Nacht durchzustehen, in deren Verlauf jede einzelne Phase eures bisherigen Ehelebens aus dem negativsten Blickwinkel aufgerollt wird!

Wenn du mit einer Frau ein langes Gespräch führen willst, dann sage ihr immer wieder dasselbe. Hört sie etwas mehrmals hintereinander, versteht sie es vielleicht sogar!, sagte Madame de Stael.

Einer meiner Freunde verlor seine Stellung. Er ging nach Hause, um dies seiner Frau mitzuteilen. Irgendwie ahnte er schon, daß er kein leichtes Spiel haben würde. Scheinbar verständnisvoll hörte Ihm seine liebe Gemahlin zu, aber als er endlich ausgesprochen hatte, meinte sie nur: ‚Ich hoffe, du willst damit nicht sagen, das wir nicht auf Urlaub fahren werden?‘

‚Es tut mir leid, aber man hat mir gekündigt.‘ erwiderte der Mann mit gesenkten Kopf.

‚Seit einem halben Jahr hast du es mir versprochen, und ich habe schon fest damit gerechnet, aber deine eigene Frau zählt ja nichts für dich. Du brauchst mich nur als Dienstmädchen, sonst bin ich dir völlig gleichgültig.'

Mein Freund versuchte nochmals, ihr die Lage klar zu machen: ‚Liebste, hör mich doch einen Augenblick an: Ich habe keine Stellung mehr!'

‚Warum habe ich bloß nicht auf meine Mutter gehört?' Sie redete und redete, bis ihr Mann sie an der Schulter packte und ihr damit es endlich bis zu ihrem Gehirn vordringen möge, ins Ohr brüllte, daß man ohne Geld keine Urlaubsreise unternehmen könne. Um zu Geld zu kommen aber brauche man eine Stellung, und eine solche habe er nicht mehr. Da erst durchfuhr es sie, als hörte sie das alles zum ersten Mal.

Mein Freund fügte allerdings noch hinzu, er halte es für durchaus möglich, daß seine Frau immer noch nichts verstanden hätte und sich nur stillschweigend ergab. Es wäre ihr natürlich lieber gewesen, man hätte sie zum Trost für diese schlimme Nachricht mit einer sofortigen Urlaubsreise entschädigt. Aber auch ihr Mann behauptete nachträglich, daß es Augenblicke gegeben habe, wo er es selbst für besser gehalten hätte, ihr den Wunsch zu erfüllen und während der Urlaubsreise pleite zu gehen, wenn er an den Skandal dachte, den ihm seine Frau noch inszenieren würde.

Ganz typisch für die Frau ist es, immer wieder auf dasselbe Thema zurückzukommen, wenn sie damit ihren Mann ärgern kann. Handelt es sich dagegen um etwas für sie Unangenehmes, wechselt sie garantiert sofort das Thema, um von etwas ganz anderem zu sprechen.

Ich kannte einen ehrlichen Mann, der zu seiner

Geliebten sagte: ‚Ich möchte dir jeden Wunsch von den Augen ablesen, aber einen Nerzmantel kann ich dir nicht kaufen.‘ Worauf er von ihr zur Antwort bekam: ‚Ich habe es immer geahnt, daß du mich nicht liebst!‘

Männer, die selbst gerne viel reden, haben bei Frauen keine großen Chancen. Dieses Vergnügen beanspruchen die Damen nämlich für sich.

Wortkarge Männer werden von Frauen bevorzugt, denn sie machen sie glauben, daß man ihnen gerne zuhört, sagte Achard. Wir kennen kaum hervorragende Menschen, die besonders redselig gewesen wären, ausgenommen die Politiker.“

„In der Liebe aber ist das Reden ein unvermeidliches Übel, denn schließlich muß man ja etwas sagen. Nie werden die Zeiten sich derart wandeln, daß man ganz ohne Worte auskommen kann.“

„Doch, doch“, protestierte der Alte. „Man ist nur die erste Zeit gezwungen, einer Frau Komplimente zu machen. Später, mit dem Abflauen der großen Begeisterung erübrigt sich das. Bei aller Redekunst hat man nur streng darauf zu achten, daß man nie den Fehler macht, etwas Gutes über andere Frauen zu sagen, auch kein Wort über die Kochkünste der eigenen Mutter . . .“

„Sie müssen jedoch zugeben, daß auch Männer mit ihrem Lob nicht eben verschwenderisch sind. Auch sie sagen gerne Nachteiliges über ihre Mitmenschen, selbst wenn sie keinerlei Nutzen davon zu erwarten haben.

Auf jeden Fall sollte man diesbezüglich vorsichtig sein. Unüberlegte Worte können verheerende Folgen haben, unter Umständen sogar tödliche.

Andererseits bedarf es häufig auch nur einer unscheinbaren Kleinigkeit, um eine verzweifelte Seele von einem schicksalhaften Schritt zurückzuhalten.

Hier eine ungarische Kurzgeschichte zu diesem Thema: von wem sie stammt, weiß ich leider nicht mehr:

In einer ausweglosen Situation beschloß ein Mann, Selbstmord zu begehen. Im Kaffeehaus schrieb er gerade seinen Abschiedsbrief, als sich ein Freund zu ihm an den Tisch setzte. ‚Komm, spielen wir zusammen eine Partie Billard', schlug er ihm vor. Der andere lehnte zunächst ab, doch sein Freund drängte ihm solange, bis er nachgab, um ihn schneller loszuwerden. Der Lebensmüde war der weitaus schlechtere Spieler von den beiden, und große Lust hatte er auch nicht. Aber an diesem Tag war alles wie verhext, er bewältigte spielend die schwierigsten Situationen.

‚Noch eine Partie', schlug der besiegte Freund vor. ‚Ich zahle einen doppelten Cognac, wenn du gewinnst!'

Der Selbstmordkandidat gewann abermals. Er trank seinen Cognac aus und ging mit festen Schritten in das Leben zurück, das er eben hatte verlassen wollen.'"

DIE LÜGE

Glaube einer Frau wie einem Grabstein.

Byron

„Ehrlich gesagt, darf der Mensch nicht immer ehrlich sein. Niemand würde die unsinnige Forderung aufstellen, daß man immer und unter allen Umständen die Wahrheit sagen müsse, denn wer sich daran hielte, könnte sich auf dieser Welt niemals zurechtfinden.

Schon an unserer Wiege steht die Lüge Pate, und sie begleitet uns bis zum Grabe. Allerdings sagt mancher im Angesicht des Todes auf einmal doch noch die Wahrheit, wenn überhaupt Gelegenheit dazu hat. Das ist dann so ungewohnt, daß die Familienmitglieder es nicht glauben wollen und traurig feststellen: ‚Der Arme weiß nicht mehr, was er spricht.'

Wenn man guten Menschen begegnen will, muß man sie unter der Erde suchen. Nur auf Friedhöfen findet man den treuesten Ehemann, die liebevollste Gattin, den besten Familienvater, den seine Angehörigen niemals vergessen werden. Natürlich waren auch die Kinder kleine Engel usw.

Wollte man die Versicherung wörtlich nehmen, daß keiner der Verstorbenen je einem seiner Mitmenschen etwas zuleide getan habe, so läge die Folgerung nahe: ‚Sei ja nicht gut, sonst landest auch du bald auf dem Friedhof.‘

Wir alle wissen natürlich, daß es nur Wohlerzogenheit ist, die uns dazu veranlaßt, unseren Verblichenen einen Kranz auf das Grab zu legen. Und nur das unheimlichste Ereignis des Lebens, der Tod, bringt es fertig, Menschen zu schönen Sprüchen anzuregen, während sie in Wirklichkeit denken: ‚Herr, nimm Du Dich dieses Gauners an! Wir sind heilfroh, endlich nichts mehr mit ihm zu tun zu haben.‘

Es stimmt natürlich auch sehr genau, was Rückert gesagt hat:

Man glaubt die Wahrheit nicht,
Wenn sie ein Armer spricht.
Doch selbst die Lüge glaubt man
Einem reichen Wicht.

Sehr streng zieht Kant gegen die Lüge zu Felde: *Die Lüge ist durch ihre bloße Form ein Verbrechen an der eigenen Person und eines Menschen derart unwürdig, daß sie ihn schon in den eigenen Augen verächtlich machen müßte.*“

„Mann, Sie haben Kant nicht verstanden! Er spricht von Lügen, durch die Missetaten verdeckt werden, wenn also zum Beispiel ein Mörder abstreitet, gemordet zu haben. Aber es gibt natürlich auch völlig harmlose Lügen:

1. Man schämt sich, die Wahrheit zu sagen.
2. Man lügt aus gesellschaftlichen Zwängen, das heißt aufgrund seiner guten Erziehung.

Man kann zum Beispiel einer alten Dame unmöglich sagen: ‚Gnädige Frau, Sie sind so dick geworden, daß ich Sie fast nicht wieder erkannt hätte.“

Man kann auch seinem Freund nicht ins Gesicht sagen: ‚Deine Frau betrügt dich.'

3. Es ist, wie Donnay sagte: *Man lügt, weil eine kluge Lüge mehr wert ist als eine dumme Wahrheit.*

Nach Goethes Ansicht lügen die Menschen am meisten:

1. vor der Ehe
2. während der Kriege
3. nach der Jagd

An das Fischen hat Goethe nicht gedacht.

Einen Sterbenden muß man über die Wahrheit hinwegtäuschen, wenn er verzweifelt die Frage stellt, ob er wieder genesen werde. Es gibt unzählige Gelegenheiten, bei denen man sich einer Lüge bedient, um anderen nicht sinnlos Schmerz zu bereiten.

Es lügen die Politiker, die Rechtsanwälte, die Kaufleute. Wozu diese Aufzählung fortsetzen? Die Menschen lügen, ob sie sitzen, stehen oder liegen. Sie lügen sogar, wenn sie kein Wort sagen. Warum also sollte deine Frau die Wahrheit nicht verdrehen zumal du ja das gleiche tust?

Wohin man schaut, ist alles auf die Lüge begründet, denn sie ist die unsichtbare Kraft, die die Welt aufrecht erhält. Man lügt, selbst wenn man es zu vermeiden sucht, unbewußt, gegen den eigenen Willen. Gleich am Morgen wünschst du jemandem einen guten Tag, auch wenn du ihn nicht ausstehen kannst. Auch eine Lüge!

Es genügt, daß etwas unwahrscheinlich anmutet, damit eine Frau daran glaubt, sagte Spencer. Obwohl die Frau meist aus Selbstschutz lügt, fällt es ihr doch leichter, einer Lüge Glauben zu schenken, als einer Wahrheit. Nichts ist leichter, als sie mit Eheversprechungen irrezuführen. Man verspricht, sie zu heiraten, und sie bekommt ein Kind."

„Wenn eine Frau lügt, ist sie felsenfest davon überzeugt, kein Unrecht begangen zu haben, so lange sie niemand dabei erwischt.

Die Wahrheit ist eine noch verhängnisvollere Waffe als die Verleumdung, sagte Talleyrand. Eine fünfundsiebzig Jahre alte, sehr distinguierte Dame wollte sich auf ihrem Sterbebett mit Gott versöhnen. Deshalb gestand sie ihrem Gatten, ihn vor fünfzig Jahren einmal betrogen zu haben. Kaum hatte sie ihre Beichte beendet, traf ihren Mann der Schlag und er lag ihr tot zu Füßen."

„Die Lügen, die glücklich Verliebte einander auftischen, könnte man als poetische Übertreibung bezeichnen. Die meisten Frauen sind Dichterinnen und Schauspielerinnen zugleich. Sie spielen uns pausenlos etwas vor und verschönern uns so das Leben. Warum sollte man sie deshalb tadeln, wo doch ohnedies alles Lüge ist: die Kunst, die Liebe, das Glück, sogar das Leben selbst, weil es in Wirklichkeit eine Vorbereitung auf den Tod darstellt.

Wer uns nicht die Wahrheit sagt, meint es nur gut mit uns. Fürchten wir uns lieber vor Frauen, die niemals lügen. Wie bedauernswert ist jener arme Tropf, den seine Frau nicht einmal für würdig hält, mit einer Lüge bedacht zu werden. Seien wir dankbar, wenn eine Frau die Wahrheit verdreht, denn das tut sie nur, solange sie Wert auf uns legt."

„Sie haben mich mißverstanden. Die harmlosen Lügen der Frauen machen mir nichts aus, aber meistens lügen sie doch, um ganz offensichtliche Dinge abzustreiten. Sie sind ohne weiteres fähig, etwas standhaft zu leugnen, was sie noch vor wenigen Minuten als heilige Wahrheit hingestellt haben. Man kann mit ihnen auf keinen grünen Zweig kommen.

Das Schlimmste dabei ist, daß die Frauen auch noch so ungeschickt lügen, daß man ein ausgewachsener Trottel sein müßte, um es nicht zu merken. Ihr Lügengespinst entbehrt jeglicher Logik, die ihre Unwahrheit einigermaßen glaubwürdig erscheinen lassen könnte. Leider gibt es keine Lehrgänge, um die Frauen im Lügen zu unterrichten, obwohl dies das Zusammenleben wohl um ein beträchtliches Maß erträglicher machen würde.

Als besonders unmoralisch empfinde ich es, daß die Weiber einem zeitweise sogar die Wahrheit vorlügen."

„Wie meinen Sie das?"

„Ein Beispiel: Eine Frau kehrt von ihrem Geliebten in den Schoß der Familie zurück. ‚Wo warst du denn den ganzen Nachmittag?' erkundigt sich der Mann. ‚Bei meinem Liebhaber!' antwortet sie, und der Mann ist naiv genug, das für einen guten Witz zu halten, und amüsiert sich königlich."

„Da ist der Mann sehr viel geschickter. Manchmal muß ich ihn schließlich auch loben:

An einem regnerischen Nachmittag wurde ein verheirateter Mann beobachtet, wie er sich heimlich mit seiner Geliebten traf. Er begleitete sie zur Bushaltestelle und verabschiedete sich von ihr mit einem zärtlichen Kuß. Ein Dritter, der die Szene beobachtet hatte, berichtete alles seiner Frau (er meinte, damit ein gutes Werk getan zu haben).

Der Mann rettete sich folgendermaßen aus der

peinlichen Situation: ‚Diese Dame habe ich ganz zufällig auf der Straße getroffen. Sie hatte keinen Regenschirm, deshalb hielt ich den meinen über sie. Zu diesem Zweck mußte sie allerdings dicht neben mir stehen. Der Trottel, der da etwas von Küssen gesehen haben will, sollte sich schnellstens zum Augenarzt begeben! Im übrigen war diese Dame die Frau meines Chefs. Sollte der also diesen Unsinn zu Ohren bekommen, kann ich noch meine Stellung verlieren.‘

Seine Frau schauderte und schwieg sofort.

Das ist ein Beispiel für eine logisch aufgebaute Unwahrheit. Seine Frau wird ihm nur vorsichtshalber nicht glauben, doch ein passendes Geschenk – natürlich nicht am gleichen Tag – wird sie vollständig beruhigen.

Wenn eine Frau lügt, rechnet sie nie mit der Anstrengung, die sie dadurch auf sich nimmt, immer neue Lügen erfinden zu müssen, um die erste Lüge zu stützen, sagte Pope.“

„Nun stellen wir uns vor, wie eine Frau sich in der gleichen Lage verhalten würde:

Sie wird sich zuerst die Beschuldigung ruhig und sanft anhören, dann wird sie beslustigt auflachen: ‚Wie lustig! Wer hat dir denn das erzählt?‘

Es ist immer gut, zu wissen, mit wem man es zu tun hat, und außerdem gewinnt sie so ein wenig Zeit, um die Verteidigung vorzubereiten. Sie fragt also: ‚Wer hat dir denn diesen Bären aufgebunden?‘

‚Stimmt es oder stimmt es nicht?‘

‚Der Typ, mit dem man mich am Montag gesehen haben will, existiert gar nicht‘, erwidert sie mit erhobener Stimme. ‚Ich war überhaupt noch nie in diesem Teil der Stadt. Außerdem hat es an diesem Tag auch gar nicht geregnet. Wenn du es genau wissen möchtest, dort verkehrt überhaupt kein Autobus. Daß ich nicht lache!‘

Im ersten Moment meint man, dies sei eine vollkommene Methode. Sie leugnet einfach alles: Am liebsten würde sie noch behaupten, es gäbe überhaupt keine Autobusse auf der ganzen Welt, denn sie will als totale Siegerin aus dieser peinlichen Situation herauskommen.

Sie bedenkt nur nicht dabei, daß Männer aus anderem Holz geschnitzt sind: ‚Woher willst du wissen, daß dort kein Autobus fährt, wenn du noch nie in der Gegend warst, du dumme Gans‘, wird der Mann fragen.

‚Schrei mich gefälligst nicht an!‘

‚Du wirst jetzt die Freundlichkeit haben und auf alle meine Fragen nur mit *Ja* oder *Nein* antworten. Mir wirst du nichts vormachen!‘

Wenn eine Frau derart in die Enge getrieben wird, bleibt ihr nichts anderes übrig, als das Thema zu wechseln. Darin ist sie große Klasse: ‚Ich verbiete dir ein für allemal, so über meine Mutter zu schimpfen!‘, erhebt sie plötzlich die Stimme.

‚Herrgott im Himmel, wann soll ich das denn getan haben?‘

Sie würdigt ihren Mann nicht einmal einer Antwort, ergreift Hut und Mantel und rennt zu ihrer Freundin, um sich ein Alibi zu verschaffen. Anschließend quartiert sie sich bei ihrer Mutter ein.

Es wäre gar nicht nötig gewesen, die Freundin einzuweihen, denn wenn es darum geht, dem Ehemann Hörner aufzusetzen, kann sie mit der selbstlosen Unterstützung aller Frauen rechnen (nicht aber mit deren Diskretion).

Wenn zwei Frauen gegen einen Mann zusammenhalten, dann ist der Mann bald reif fürs Irrenhaus, wenn er den Kampf nicht beizeiten aufgibt.

Er muß auch dann noch allerhand über sich ergehen lassen, wenn er sie bei ihrer Mutter abholt, denn von selber kommt sie in einem solchen Fall ja nie zurück. Und wenn er sich nicht rührt, ist er gezwungen, seine geheimen Geldreserven für die Verköstigung aufzubrauchen. Das lieber nicht!

So sieht eine weibliche Verteidigung aus. Es ist also nicht opportun, mit einer Frau um die Wahrheit zu kämpfen. Sie macht jeden Augenzeugen zur Schnecke, wenn es sein muß. Es wird jeder von ihr vernichtet, der die Wahrheit vertritt. Womöglich behauptet sie noch, man habe sie aus Rache verleumdet, weil sie schmutzige Annäherungsversuche zurückgewiesen habe.

Sei einer Frau gegenüber nur dann aufrichtig, wenn du sie loswerden willst!“

DER MANN

Es ist eine wahre Katastrophe, eine Frau zu sein, weil man es immer mit Männern zu tun hat.

Conrad

„Ich hatte in meinem Leben drei Leidenschaften: Lesen, Reisen und das Studium der weiblichen Seele, des größten Mysteriums des Lebens. Als ich noch jung war und weder zu reisen noch die Frauen zu studieren imstande war, las ich alles, was mir unter die Finger kam.

Ich erinnere mich an eine kleine Geschichte, die die Rolle des Mannes in Liebesangelegenheiten bestens charakterisiert:

Irgendwo im Orient lebte einst die schönste Frau der Welt, die jedoch von den Männern nichts wissen wollte. Sie war jung und reich und kalt wie eine Marmorstatue. Bezüglich der Männer, die sie umschwärmten, gab sie sich keinen Illusionen hin. Es gab keinen, der ihr Herz in Wallung hätte bringen können.

Jeden Nachmittag lehnte sie sich aus ihrem Fenster, um aus sicherer Entfernung und mit Abscheu die Männer zu beobachten, die an ihrem Haus vorbeispazierten und sich ehrerbietig verbeugten. Weiter als bis zu einem solchen Gruß brachte es keiner.

‚Einmal wird sie sich einen von uns erwählen‘,

dachten die Männer. ‚Es ist nur eine Frage der Zeit. Zu einer alten Jungfer will sie doch sicher nicht werden.‘

In der selben Stadt lebte auch das häßlichste Weib der Welt. Wenn die Männer sie erblickten, war ihnen der Rest des Tages verdorben, so grundhäßlich war sie.

Eines Tages kam ein reicher Ausländer in die Stadt, und sein Herz entbrannte selbstverständlich sofort für die Schöne. Er war nicht mehr jung, dafür aber umso reicher. ‚Kein Rivale‘, meinten die anderen Männer. ‚Geld hat sie zur Genüge. Damit wird er es ebenso wenig schaffen wie wir.‘

Der Fremde war dermaßen versessen darauf, die Schöne zu erobern, daß er alles in Bewegung zu setzen beschloß, um sein Ziel zu erreichen. Er suchte die berühmt-berüchtigte Hexe auf. Dieser versprach er die Hälfte seines Vermögens, wenn sie ihm dazu verhelfe, das Herz der Schönsten zu gewinnen.

‚Ich habe nur zwei Möglichkeiten, deinen Herzenswunsch zu erfüllen‘, sagte die Hexe. ‚Ich kann bewirken, daß die Schöne dein wird, doch in den Augen der Welt wirst du der Geliebte der Häßlichsten sein. Oder aber die ganze Welt wird dich für den Geliebten der Schönen halten, während du tatsächlich dein ganzes Leben mit der Häßlichsten verbringen mußt. Es ist an dir, zu entscheiden, welche Lösung dir lieber ist.‘

Der Mann zögerte nicht lange und sagte: ‚Gib mir die Häßliche!‘

Jeder Mann liebt das große Abenteuer. Die Frage ist nur, auf was er dafür bereit ist, zu verzichten? Etwa auf Ansehen, eine gesellschaftliche Position, oder auf Gesundheit . . . Einzig und allein darauf kommt es an.

Frau und Kinder haben ihn noch nie von der Jagd nach schönen Frauen abhalten können. In seiner Freude am Abenteuer unterscheidet er sich nur insofern vom Heiratsschwindler, als er sich mit der Ehre der Frau begnügt. Ihr Geld will er nicht. Schon weil er keinen Wert darauf legt, mit der Polizei in Konflikt zu geraten.

Es gibt drei Arten von Ehemännern:

1. Solche, die ihren Frauen Vertrauen schenken;
2. Solche, die zu vertrauen versuchen;
3. und solche, die ihnen nicht vertrauen.

In einer Beziehung sind sie sich alle gleich: sie nützen jede Gelegenheit zu einem Seitensprung."

„Ich stimme mit Ihnen darin überein, daß der Herrgott den Mann als leichtsinnigen Gesellen erschaffen hat, die Frau dagegen als treu ergebene Gefährtin. Der treulose Mann gehorcht also nur seiner Urnatur, während die Frau sich überwinden muß, um untreu zu sein. Nichts ist natürlicher, als daß der Gutgeartete das Gute und der Bösartige das Schlechte tut. Ebenso, wie es dem Bösen schwerfällt, gut zu sein, fällt es auch dem Guten schwer, Böses zu tun."

„Treue Männer sind wie Gespenster. Es wird immer wieder über sie gesprochen, aber gesehen hat sie noch niemand. Sollte ich in Einzelfällen doch unrecht haben, ist es übrigens trotzdem besser, wenn mich die Frauen enttäuschen."

„Lanza del Vasto meinte, nur ein untreuer Mann könne seine Frau glücklich machen", bemerkte der Alte.

„Selbst ein guter Ehemann braucht ein wenig Schuldbewußtsein, um seine naturgemäße Schlechtigkeit im Zaume halten zu können.

Freundliche, stets dienstbereite Ehemänner sind immer höchst verdächtig. Der treue Gatte ist grob und unhöflich. Zuvorkommenheit kennt er nur vom Hören-Sagen."

„Der Mann ist ein seltsames Wesen und gibt tagtäglich neue Rätsel auf. Man muß ständig hinter ihm her sein, denn er verstreut überall Zigarettenasche. Wenn er die Wohnung betritt, putzt er sich niemals die Schuhe ab. Wenn man etwas mit ihm besprechen will, vertieft er sich in die Zeitung. Nachts schnarcht er inbrünstig, wenn seine Frau schlafen will. Dies ist die Beschreibung, welche man von glücklich verheirateten Ehefrauen zu hören bekommt."

„Achtet auf die Morgenstunden, denn dann seid ihr am ehesten bereit, einander Wahrheiten an den Kopf zu werfen, sagte Fallada. Der wahre Charakter eines Mannes ist am ehesten zu erkennen, wenn man ihn morgens beim Aufstehen beobachtet. In der Regel bereitet er sich lustlos auf den kommenden Tag vor. Er ist mürrisch und ungehobelt. Er wirft seine Sachen in alle Ecken, knallt die Türen, räuspert sich, spuckt, und wenn man ihm eine Frage stellt, murmelt er irgend etwas Unverständliches vor sich hin, bis er dann endlich verschwindet.

Leider nicht für immer. Zum Mittagessen erscheint er wieder, schlürft seine Suppe und verzehrt auch den Rest der Mahlzeit auf geräuschvolle Weise. Nichts bleibt dabei von seiner Kritik verschont.

So ein Ehemann müßte sich nur einmal die Mühe nehmen, seine Frau einen einzigen Tag lang bei ihrer Arbeit zu beobachten, damit ihm zu Bewußtsein kommt, daß sie gewiß ein wenig mehr Freundlichkeit und Zuvorkommenheit verdienen würde.

Auch die schlechteste Ehefrau verrichtet ihre Hausarbeit weitaus gewissenhafter, als ein Mann dies täte. Vormittags räumt sie auf, geht einkaufen und kocht lange und liebevoll ein Mittagessen, das der Mann dann in einer knappen Viertelstunde herunterschlingt. Denken wir manchmal auch daran, daß die Frau, nachdem sich die Wohnungstür hinter uns geschlossen hat, mit einem schmerzenden Stich im Herzen noch das Geschirr spülen und wegräumen muß.

In einer wirklich guten Ehe sollte der Mann seiner Frau bei der Hausarbeit wenigstens zeitweise helfen. In Amerika ist das selbstverständlich. Auch der Gast steht nach dem Abendessen auf und hilft der Gastgeberin beim Geschirrspülen."

„Aus purer Neugierde habe ich auch einmal versucht, einige Teller abzuwaschen", erwiderte der Alte, „man hat mir nicht nur nicht gedankt, sondern es wurde mir noch schlechte Arbeitsqualität vorgeworfen.

Sagen Sie mir lieber, wie ein Mann es anstellen soll, daß eine Frau sich freiwillig bereit erklärt, mit ihm zu schlafen?"

„Ja, da ist die seelische Vorbereitung besonders wichtig. Man könnte zum Beispiel ausrufen: ‚Wie wunderbar, daß du mich liebst! Ich hätte mir das Zusammenleben mit dir gar nicht schöner vorstellen können. Ich kann ohne dich nicht leben!'

Solche Albernheiten darf man aber nur seiner Ehefrau sagen. Wenn es einem leichter fällt, kann man auch vom Büro daheim anläuten (es ist möglicherweise leichter, solche Sätze von sich zu geben, wenn man dabei nicht beobachtet wird: ‚Wie gut, mein Schatz, daß ich dich habe.‘

Wie wahr das ist, wird man erst erfahren, wenn sie einem einmal davonläuft!

Natürlich wäre es ideal, wenn man seine Frau gleich nach der Ehezeremonie an Komplimente gewöhnt. Am wirkungsvollsten sind derartige Liebeserklärungen dann, wenn sie am wenigsten erwartet werden, und offensichtlich keinerlei egoistische Interesse dahinter zu vermuten ist. Ein günstigster Zeitpunkt wäre etwa nach dem Mittagessen, weil man dann ja gleich zur Arbeit muß: ‚Donnerwetter, bist du heute schön!‘

Noch besser würde es sich machen, wenn man sie plötzlich zurückhielte, wenn sie eben irgendwohin gehen will: ‚Halt, bleib so stehen. Du siehst heute ungeheuer begehrenswert aus!‘

Das ist *heute* sehr wichtig. Sie wird es den ganzen Tag nicht vergessen und noch am selben Abend von selber zu uns kommen, um sich weitere Komplimente zu holen.“

„Unsere Großväter würden sich im Grabe umdrehen, wenn sie das hören könnten“, bemerkte der Alte sarkastisch.

DIE LIEBE

Die Liebe ist Narrheit, doch derjenige, der ohne sie lebt, ist nicht so klug, wie er glaubt.

La Rochefoucauld

„Ewige Liebe gibt es nur in der Literatur. Jede Liebe wird eines Tages spurlos vergehen, ebenso wie Jugend und Gesundheit.

Es gibt viele Krankheiten, die man nur einmal im Leben bekommt. Entweder, man wird wieder gesund oder man stirbt daran. Zur eigenen Beruhigung kann man sich immerhin ärztlich behandeln lassen, obwohl die Ärzte in den meisten Fällen nur unsere Agonie zu verlängern imstande sind. Gegen die Liebe, die langwierigste aller Krankheiten – denn der Mensch ist dauernd verliebt, nur ständig in andere Partner – gibt es keine ärztliche Therapie.

Die Liebe spielt in allen Phasen unseres Lebens die Hauptrolle. Sie verdient es also durchaus, daß man sich mit ihr befaßt.

Der unheilbar Kranke klammert sich verzweifelt an die letzten Augenblicke seines Lebens, so sehr hängt er daran. Blinde, Lahme, Bucklige und all die anderen von Gott Gestraften werden nur selten zu Selbstmördern. Umso häufiger bringen sich Menschen aus Liebeskummer um, und die Mehrzahl von ihnen sind Frauen.

In der Liebe gibt es drei Phasen:

1. Der Mann folgt dem Weibe wie der Jäger dem Wild und beobachtet mit angehaltenem Atem jedes seiner Bewegungen.

2. Hat der Mann sein Ziel erreicht, schleppt er die kostbare Beute wie eine Schwerverletzte umher, die sich nicht mehr selbst auf den Beinen halten kann (dieser Zustand währt am kürzesten, da er mit einiger Anstrengung verbunden ist).

3. Der Mann schreitet der Frau drei Schritte voraus, als wolle er damit andeuten: Diese da gehört nicht zu mir.

Dies ist die Liebe des Mannes in drei Abschnitten. Der erste ist aufregend wie ein Krimi, der zweite wunderbar wie ein Märchen und der dritte ist eine Tragödie: Die Liebe stirbt.

Die einzelnen Stadien der Liebe sind auch äußerlich leicht zu erkennen. Man beobachte nur die Paare auf der Straße: Wenn der Mann noch reden darf und die Frau ihm aufmerksam zuhört, sind sie noch ineinander verliebt und noch nicht miteinander verheiratet. Gleich nach der Hochzeit werden sie die Rollen tauschen: die Frau redet und der Mann hört zu.

Sogar die Anzahl der Ehejahre kann man ungefähr abschätzen. Anfangs hört der Mann noch verlegen zu, später wendet er sich gelangweilt ab und meidet jede Gelegenheit, überhaupt zuhören zu müssen.

Distanz verschönt eine Liebe, erst im steten Zusammenleben zeigt sich ihr wahres Gesicht."

„Man weiß natürlich schon lange", sagte der Alte, „daß jede Liebe vorübergeht. Deswegen versteht es sich von selbst, daß man ein Weib im Grunde genommen auch nur vorübergehend für sich behalten möchte. *Unsere Feinde lieben ist viel leichter, als diejenigen, die wir einstmals liebten, nicht zu hassen,* sagte Mauriac.

Ein vom Liebesrausch erfaßtes Mädchen bewegt sich auf ganz außergewöhnliche Weise. Ihre Augen sind wie von Nebel verhangen, auf ihren Lippen spielt ein sanftes Lächeln und mit dem Hinterteil wackelt sie fröhlich hin und her. Sie kommt nachts nicht nach Hause, wie die Katze im Frühling, und nimmt auf niemanden Rücksicht, nicht einmal auf sich selbst.

Die Liebe bringt oft vielfältige Komplikationen mit sich. Sie verhindern zu wollen ist völlig sinnlos. Verliebte zur Vernunft zu bringen ist unmöglich. Jede noch so gut gemeinte Warnung prallt wirkungslos an ihnen ab.

Wenn man die Entwicklung einer Liebesbeziehung aufhalten will, ist es am zweckmäßigsten, die beiden heiraten zu lassen. Durch stetiges Zusammensein werden sie einander bald satt haben. Dies ist eigentlich das Ende jeder Liebe. (Es ist also ganz egal, mit welcher Frau man unglücklich wird).

Wenn man die Trägödien betrachtet, die aufkeimende und zu Ende gehende Liebesverhältnisse auslösen, muß man erkennen, daß die Liebe trotz all ihrer Schönheit im Grunde genommen ein Verhängnis ist. *Ein einziger Blick auf ein schönes Weib genügt, um vergiftet zu sein*, sagte Shakespeare.

Keiner versteht, warum er geliebt wird, und für jeden kommt der Tag, da er selbst nicht mehr begreift, wie er sich verlieben konnte.

Seltsamerweise sind Frauen für enttäuschte Männer geradezu leidenschaftliche Trösterinnen. Nicht etwa, weil sie alle barmherzige Samariterinnen wären oder um jeden Preis Gutes tun wollten. Es geht ihnen nur darum, die Macht ihrer Weiblichkeit an den leidenden Männern zu erproben, deren Schlechtigkeit in diesem Zustand etwas nachläßt", fügte der Alte hinzu.

„*Die erste Wirkung einer wahren Liebe ist das Todesverlangen*, sagte Leopardi.

‚Ich hätte sterben können vor Glück', hört man Frauen häufig sagen. Was den Mann betrifft, so möchte er bei jeder Liebesbeziehung eigentlich zweimal sterben: einmal, wenn er von ihr erhört wird und das zweite Mal, wenn er sie loswerden möchte."

„Erlischt die Liebe einer Frau, dann geht zugleich alles in die Brüche, was bisher ihrem Leben Inhalt verliehen hatte: Moral, Güte, ja sogar Gott wird geleugnet, falls der verflossene Geliebte ein religiöser Mensch war.

Ich kannte einmal eine Frau, die jeden Sonntag zur Kommunion ging. Dann wurde sie betrogen, und von da an wollte sie auch von Gott nichts mehr wissen."

„Ehrlich gesagt sehe ich in der Liebe ein starkes Narkotikum, das den Verstand lahmlegt. Der Mensch ist seelisch trunken, darum darf man auf diesen Zustand keinesfalls eine Ehe gründen.

Der gewiegte Geschäftsmann wird die angebotene Ware stets mit abfälligen Bemerkungen betrachten, bevor er sich nach dem Preis erkundigt. So hofft er, sie billiger erwerben zu können. Der Verliebte hingegen begeistert sich grenzenlos für die Frau, die er begehrt; solange, bis er sie endlich hat."

„Bei Frauen kann von wahrer Liebe überhaupt nie die Rede sein. Sie wollen nur geliebt werden. Vorurteile kennen sie keine. Selbst, wenn der Geliebte ein Mörder sein sollte, wollen sie davon nichts hören. Sie ziehen ihr Phantasiebild der Wirklichkeit entschieden vor.

Wenn Sie es genau wissen wollen: Frauen sind in die Liebe und nicht in die Männer verliebt. Um jeden Irrtum auszuschließen: Ich habe nichts gegen die Liebe, sie ist ein wundervolles Narkotikum und ohne sie wäre das Leben nicht zu ertragen."

„Die Männer machen den Fehler, daß ihre Liebe nur den Rundungen des Frauenkörpers gilt. Sie suchen Sexpartnerinnen und nicht Lebensgefährtinnen."

„So etwas wie eine Lebensgefährtin gibt es heute nicht mehr."

‚Das Unglück des Mannes ist der falschen Reihenfolge zuzuschreiben. Er verliebt sich und geht, von Liebe verblendet, eine Ehe ein, anstatt abzuwarten, ob die Basis dafür gegeben ist. Bis man eine Frau wirklich kennenlernt, ist es mit der grenzenlosen Verliebtheit meistens aus. Wie aber kann man anderenfalls ein harmonisches Zusammenleben erwarten?

Tolstoi sgte einmal: *Die dauerhaftesten Ehen sind jene, die nicht aus Liebe geschlossen wurden.* Seine Liebesheirat dauerte nur neun Monate. Während dieser Zeit litt er man meisten darunter – berichtete er später – , *daß ich mir völlig wertlos vorkam, weil meine Frau mich so behandelte*."

„Tolstoi hat keinerlei Experimente veranstaltet, und deswegen ist diese seine Erfahrung wertlos. Sie beweist gar nichts."

„Und was sagen Sie zu Benjamin Disraeli Earl von Beaconsfield, der sagte: *Ich habe manche Torheit begangen, nur nicht die eine, aus Liebe zu heiraten.* Das war keine bloße Theorie, denn seine glückliche Ehe dauerte 30 Jahre."

Der Alte goß seinen Martini in einem Zuge herunter.

„Ich hätte trotzdem lieber zu Zeiten meines Großvaters gelebt", sagte er. „Der hatte ja keine Ahnung, wie glücklich er war. Mein Großvater sagte immer . . . "

„Was geht uns Ihr Großvater an?"

„Dann hören Sic wenigstens die Meinung einer alten Dame über die Liebe! Auf meine Frage antwortete sie, sie könne dazu nicht Stellung nehmen, da sie ihren Mann niemals betrogen habe."

„Ich nehme an, Sie reden von Ihrer Großmutter?"

„Richtig", grinste er.

„Es gibt kaum eine große Liebe, die nicht eine verbotene Liebe gewesen wäre. Fast immer nährt Liebe sich von Lug und Trug. Gewöhnlich handelt es sich um wechselseitigen Betrug, da die Mutter der Untreue doch in den meisten Fällen eine neue Liebe ist."

„Aber die Moral hängt doch nicht von den Umständen ab und darf auch nicht von den Umständen abhängig gemacht werden."

„Haben Sie noch von keiner der zahllosen Frauen gehört, die ihren Männern in kritischen Lebensphasen mit Rat und Tat beigestanden sind und ihnen Kraft gegeben haben, weiterzukämpfen?

‚*Große Gedanken kommen vom Herzen,* sagte Quintilamus, *und ein Herz haben nur die Frauen.*"

„Darauf muß ich Dumas junior zitieren, der sagte: *Frauen inspirieren uns zu großen Ideen, hindern uns aber dann, dieselben zu verwirklichen.*"

„Um die Liebe herum haben sich immer alle möglichen Dramen abgespielt. Trotzdem hat es nie eine so vernichtende Katastrophe gegeben, daß man nach deren Ende nicht wieder Verliebte hätte beobachten können, die sich selbstvergessen an den Händen hielten, oder einander in die Augen sahen, ohne zu bemerken, was um sie herum vorging."

„Die Liebe ist der grausamste Tyrann, denn sie fordert jederzeit den ganzen Menschen. Liebende sind imstande, für das geliebte Wesen zu stehlen und zu morden, und das Lügen lernt unter diesen Umständen selbst der aufrichtigste Mensch. Eine verliebte Frau erwartet vom Gegenstand ihrer Begeisterung, daß sie in seinen Augen immer recht habe. Er muß auch der Außenwelt gegenüber seine innersten Überzeugungen preisgeben, wenn sie es wünscht. Am wenigsten erträgt sie, daß *ihm* jemand sympathisch erscheint, den sie nicht leiden kann. Sobald eine Frau sich verliebt, beginnt sie unverzüglich, alle anderen Frauen zu hassen, zu allererst ihre Schwiegermutter (was sehr unvorsichtig ist, denn einmal wird auch sie eine Schwiegermutter werden).

Nach Ansicht von Hippolyte Taine dauert die Liebe drei Monate, der Ehekrach drei Jahre und die Resignation dreißig Jahre. Dann fängt das Ganze bei den Kindern wieder von vorne an."

„Das war einmal. Heutzutage gibt es auch Eintagslieben und dreimonatige Ehen. Wer es sich finanziell leisten kann, läßt sich scheiden; wer nicht, schlägt den anderen einfach tot."

„Apropos: Wir haben von Nächstenliebe noch gar nicht gesprochen."

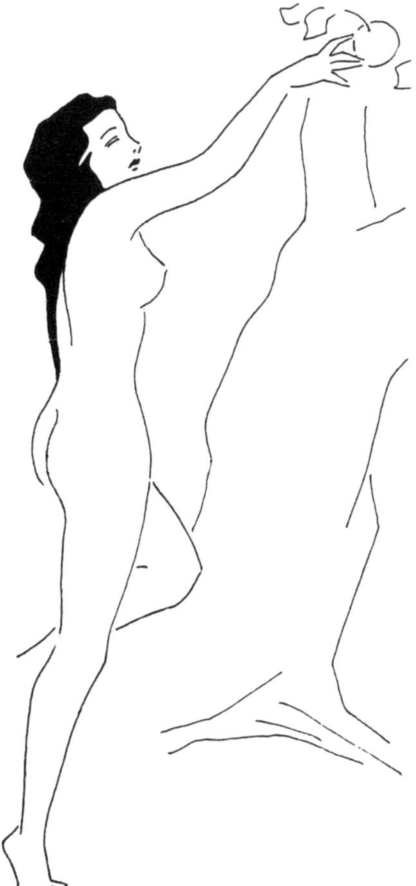

DIE NÄCHSTENLIEBE

Je besser ich die Menschen kennenlerne, umso mehr liebe ich meinen Hund.

Pascal

„Die nach den Geboten Gottes leben wollen, ziehen sich von der Welt zurück in ein Kloster. Zweifelsohne, um ihre Nächsten ungetrübt lieben zu können. Es ist nämlich wesentlich leichter, seine Mitmenschen aus der Ferne zu lieben. Aber noch leichter ist es, wenn diese überhaupt nicht mehr unter den Lebenden weilen.

Warum ist es nicht möglich, seine Nächsten zu lieben? Weil sie es uns unmöglich machen."

„Ich liebe alle meine Mitmenschen", beteuerte der Alte, „ausgenommen jene, die ich kenne."

„Aber, mein lieber Freund, es handelt sich hier doch nicht um Kennen oder nicht Kennen. Man soll ausnahmslos alle seine Nächsten so lieben wie sich selbst."

„Wissen Sie was? Dann verzichte ich lieber darauf, mich selbst zu lieben, anstatt alle Schurken lieben zu müssen. Franz von Assisi sagte einmal: *Selig ist der Mensch, der seinen Nächsten ertragen kann.*

Die Leute sind gottlos geworden."

„Hauptsächlich die Männer, kürzlich zählte ich

während einer Frühmesse die Gläubigen. Es waren rund dreißig. Darunter nur zwei Männer – den Priester und mich selbst mitgerechnet – der Rest waren Weiber."

„Haben Sie sich nie Gedanken darüber gemacht, wo die Männer geblieben sind? Dann sage ich es Ihnen: auf den Friedhöfen. Zwar stimmt es, daß 70% von ihren Frauen überlebt werden, aber nach der Meinung von Hutchin werden verheiratete Männer, die unter sechzig sterben, im wahrsten Sinn des Wortes von ihren Frauen umgebracht. Und jetzt beten diese alten Hexen für die ewige Ruhe ihrer toten Männer."

„Lassen Sie die alten Weiber in Ruhe. Wir wollen doch von Nächstenliebe reden."

„Bitte."

„Wir sollten nicht vergessen, daß unsere allererste Nächste unsere eigene Frau ist."

Eine Weile sagte mein Freund nichts, dann fragte er mich ganz unerwartet: „Wollen Sie mich morgen auf den Friedhof begleiten? Meine erste Frau hat Geburtstag. Ich bringe ihr Blumen.

Ich war Lehrer und sie eine meiner Schülerinnen; ein sechzehnjähriges Mädchen. Habe ich Ihnen schon erzählt, warum mich meine gesellschaftliche Position zwang, mich von ihr scheiden zu lassen?"

Er nahm sein Portefeuille und zog ein Photo heraus, das eine junge Dame mit einer graziösen Gestalt, aber ohne Kopf zeigte.

„Sie selbst hat den Kopf abgeschnitten, weil sie sich scheußlich fand. Sie ließ sich sehr gern photografieren, aber mit dem Resultat war sie nie zufrieden. Es wäre mein Lieblingsphoto, wenn ihr Kopf nicht fehlte. Viele Gatten beklagen sich darüber, daß es ihnen ganz unmöglich sei, auf Urlaubsreisen Erinnerungsphotos zu machen, ohne daß sich die Ehefrau im Vordergrund breitmachte. Aber dann gefielen sie sich auf keinem der Bilder und zerrissen sie deshalb oder übermalen den eigenen Kopf mit Tinte.

Ich werde nie vergessen, wie herzzerreißend sie schluchzte, als wir auseinandergingen. Später, als ich hörte, sie sei schwer erkrankt, besuchte ich sie. Aber sie hat mich nicht erkannt. Sie hatte sogar Angst vor mir."

Tags darauf, auf dem Friedhof gab er mir eine Rose aus seinem Blumenstrauß:

„Legen Sie sie ihr aufs Grab. Sie lachte immer so fröhlich, wenn sie Blumen bekam."

Ich wollte den Alten eigentlich nicht beleidigen und weiß auch nicht, warum ich sagte: „Wenn ein Mann seine Frau verläßt, trägt er die Verantwortung für alles, was ihr jemals zustößt."

Er schaute mich ganz betroffen von der Seite an. Und als wir aus dem Taxi stiegen, rief der Chauffeur ihm nach: „Monsieur, Sie haben Ihren Hut vergessen!"

So geht es, wenn einen das eigene Gewissen anklagt.

DIE LIEBESTAKTIK

Willst du jemanden vernichten, so rede nur Gutes über ihn.

A. Siegfried

„Auch in der Liebe herrscht dasselbe Naturgesetz wie überall auf dieser Erde. Es geht um den Existenzkampf, den man unbedingt und um jeden Preis gewinnen will. Wenn eine Liebe durch eine andere vernichtet zu werden droht, so hat man allen Grund, sich zur Wehr zu setzen.

Wer mehr Geld hat, kommt damit normalerweise länger aus. In der Liebe ist es umgekehrt. Wer mehr liebt, dem ergeht es schlechter, und der weniger liebt, ist entschieden besser dran. Dies ist eine Ungerechtigkeit, die man zu korrigieren versuchen muß und auch kann. Die Liebe ist ein ewiger Kampf, und dieser Kampf muß klug geführt werden. Er setzt eine geschickte Taktik voraus.

Es ist ohne Schwierigkeiten möglich, die Gefühle der Geliebten zu intensivieren, indem man sie glauben macht, daß man selbst leichten Herzens auf sie verzichten könnte. Man muß in der Liebe schlau sein, denn sie reift nicht durch Charme allein.

Man liebt nicht nur einmal. Ein vernünftiger Mensch muß mit dem Ende seiner Liebe rechnen und alles daran setzen, damit die gnadenlose Zeit sie nicht allzu bald zum Erlöschen bringt.

Frauen sind begeisterte Märtyrerinnen, und sie begeistern sich für Männer, die ihretwegen irgendein Martyrium auf sich nehmen. Sie erachten dies als Liebesbeweis.

Ich selbst hatte einmal einen Rivalen, der unwahrscheinlich reich war. Ich suchte ihn auf und machte ihm folgenden Vorschlag: Wir lieben beide das gleiche Mädchen, darum sollten wir Freundschaft schließen. Es ist keiner von uns schuld daran, daß wir zu Rivalen wurden. Ich würde es für ratsam erachten, wenn wir der Dame die Entscheidung so schnell wir möglich entlocken könnten. Wir haben beide den gleichen Geschmack; ein Grund mehr, uns zu vertragen. Ich hätte folgende Idee:

Da es ziemlich peinlich ist, sich selbst zu loben, vertrauen Sie mir Ihre guten Eigenschaften an, von denen Sie wünschen, daß die Dame sie erfährt. Ich werde das Gleiche tun. Kämpfen wir also mit offenem Visier und geben wir uns gegenseitig das Ehrenwort, einander nur zu loben und nur das vorher Abgesprochene bei der jungen Dame vorzubringen, zumal es ja nicht schwer zu kontrollieren sein wird, ob sich der andere an die Abmachung gehalten hat.

Mein Rivale war gerührt und nahm meinen Vorschlag an. Er zählte dem Mädchen alle meine guten Eigenschaften gewissenhaft auf. Dann kam ich an die Reihe.

Ihr Freund hat wirklich sehr schön von Ihnen gesprochen, empfing mich die junge Dame.

Daraufhin setzte ich sofort eine tieftraurige Miene auf:

Mein liebes Fräulein, seufzte ich, ich bin leider

keineswegs so vollkommen, wie mein Freund mich geschildert zu haben scheint. In Wirklichkeit ist er nicht nur weitaus begüterter als ich, sondern er ist auch der bessere Charakter von uns beiden. Ich liebe Sie zwar über alles, und es blutet mir das Herz, aber eben deshalb muß ich Ihnen raten, ihn zu wählen und sich nicht weiter um meinen Schmerz zu kümmern.

Dann ging ich nach Hause wie einer, der dem seelischen Zusammenbruch nahe ist . . .

Wenn wir einen Nebenbuhler ausstechen wollen, tun wir das am besten, indem wir ihn überschwenglich rühmen, und damit künstlich unerfüllbare Erwartungen erwecken. Umgekehrt macht die Selbstherabsetzung es uns leicht, besser zu scheinen, als man es von uns erwartet."

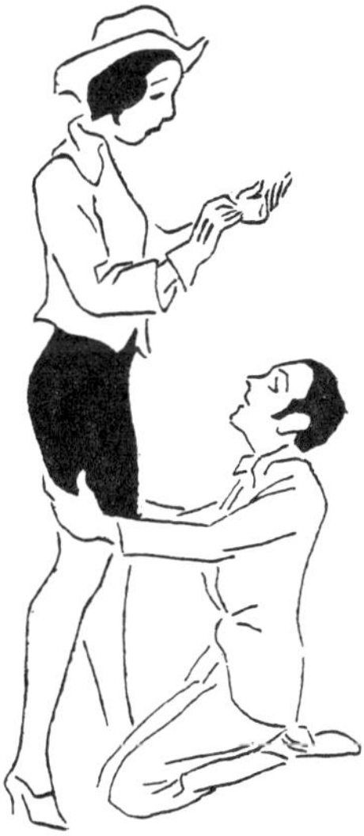

DIE EHE

Ich hätte es in der Ehe nie ausgehalten, wenn meine Frau nicht dabeigewesen wäre.

Esprit français

Für eine Ehe gibt es drei Hauptvoraussetzungen:

1. Seelisch und körperlich zusammenzupassen.
2. Genug Geld zum leben zu haben.
3. Nicht unbesonnen Kinder in die Welt zu setzen.

Der wichtigste Punkt ist der dritte. In unserer Zeit werden Kinder und Autos ohne Rücksicht auf die Platzfrage am laufenden Band hergestellt.

Die Menschheit hat in der Schwangerschaft schon seit Jahrtausenden eine zeitweilige Störung der Liebe gesehen und versuchte sie schon immer mit allen möglichen Verhütungsmitteln zu bekämpfen. Angefangen bei den Ägyptern, die den Auswurf des Krokodils als Mittel gegen die Schwangerschaft einnahmen, bis zu den Japanern, wo die Frau lebendige Kaulquappen schluckte. (Es ist noch nicht lange her, daß man in China gesetzlich verbot, unerwünschte Säuglinge einfach wie überzählige Kätzchen zu ertränken.)

In der Steinzeit spielte das Kinderkriegen keine Rolle; wenn unsere Vorfahren Verlangen nach einem Weibe verspürten, packten sie die Erstbeste, die ihnen über den Weg lief, stießen ihren Stock in die Erde und erklärten sie damit zu ihrem Eigentum.

Der in die Erde gerammte Stock symbolisierte die Urform der legitimen Ehe und bestimmte zugleich ihre Dauer. Das Weib war so lange eines Mannes Besitz, bis er seine Begierde befriedigt hatte (heute wird dieser Stock durch Geld ersetzt).

Wenn einer damals von seinem Weib genug hatte, schlug er sie tot und fraß sie einfach auf. Daher stammt die Redensart: „Zum Fressen gern haben".

Etwas später benahmen sich die Menschen schon ein wenig kultivierter. Das Weib wurde so lange ausgenützt, bis es zu nichts mehr zu gebrauchen war. Die Brauchbarkeit einer Frau wurde dadurch festgestellt, daß man sie auf einen Baum setzte; Wenn man sie nicht herunterschütteln konnte, durfte sie weiterleben.

Was in aller Welt aber ist mit der heutigen Ehe los? Vorher jammert das Weib und nachher der Mann. Jeder Junggeselle wird von den Ehemännern beneidet und jedes unverheiratete Mädchen wird von den verheirateten Frauen bedauert.

Wer hat es wirklich besser getroffen? Das Mädchen, das ausgeschlossen wurde, oder der Mann, der entkommen konnte?

Auf alle Fälle wäre es nützlich, wenn die Frauen, bevor sie eine Ehe eingehen, wenigstens solange überlegen würden, wie vor dem Kauf von einem Paar neuer Schuhe. Sie sollten sich auf keinen Fall dem ersten besten Mann an den Hals werfen, bloß weil er schöne blaue Augen hat. Wenn man nur diese albernen Sprüche hört:

Ich kann nicht leben ohne dich!

Kein Mann hat dich je so geliebt wie ich!

Gott hat uns füreinander geschaffen!

Nach einigen Jahren wird der Name Gottes dann in einem ganz anderen Zusammenhang erwähnt. Und was wird einige Jahre später aus einer solchen Ehe? Die Frau muß nicht nur auf die Treue ihres Mannes, sondern auf alle erdenklichen Annehmlichkeiten verzichten, um nicht sitzengelassen zu werden.

Sie haben sich nie die Mühe genommen, einander kennenzulernen.

In einer Umfrage erkundigte man sich bei zahlreichen Ehepaaren, inwieweit sie mit ihrer Situation zufrieden seien: 67% der Männer gaben vor, mit ihren Frauen glücklich zu sein, während umgekehrt nur 25% der Frauen mit ihren Männern zufrieden waren. Für die restlichen 8% war es noch zu früh, um eine Meinung äußern zu können.

Da kam plötzlich der Alte auf meinen Tisch zu. Er war schlecht gelaunt und setzte sich.

„Tag!"

„Ich habe zu unserem Thema bei Tolstoi gerade folgendes gelesen: *Die Ehe bei den oberen Zehntausend ist die abscheulichste aller Lügen und der höchste Grad an Selbstsucht, den man sich vorstellen kann.*"

„Niemand ist vollkommen", erwiderte er.

„Die Ehe durchläuft die gleichen Entwicklungsphasen wie die Geschichte der Menschheit. Es lassen sich auch hier Eiszeit, Steinzeit, Mittelalter, Neuzeit, und schließlich die Epoche der Zivilisation unterscheiden, die der Rechtlosigkeit einen Riegel vorschiebt und Schutz vor dem lieben Nächsten gewährleistet. Nur ist die Reihenfolge umgekehrt: Zuerst kommt die Zivilisationsphase, die bis zum Ende der Verliebtheit dauert. Darauf folgt die Neuzeit: eine Periode nicht enden wollender Streitigkeiten. Im Mittelalter schickt man sich dann in das Unvermeidliche. In der Steinzeit benimmt man sich wie rücksichtslose Wilde, und schließlich erreicht man die Eiszeit und damit das völlige Erkalten sämtlicher Gefühle."

„Ja, ja, die Ehe erweist sich als ein Diner, das leider mit dem Dessert beginnt; erst zum Schluß kommt die dicke Suppe!

Mit den Jahren gönnen die Ehepartner einander kaum noch ein gutes Wort. Von Glück wird höchstens noch geträumt. Man will nur noch seine Ruhe und sonst gar nichts. Denken wir an Roussin, der sagte: *Wenn du heute heiratest, wirst du morgen bemerken, daß du der Mann einer wildfremden Frau geworden bist.*

Tja, wie sich die Raupe einst in einen Schmetterling verwandelte, wird aus dem Schmetterling wiederum eine Raupe", sinnierte der Alte.

„Es ist allgemein bekannt, daß der Mann in seiner Frau ein Mädchen für alles sieht. Sie soll für ihn sorgen, kochen, putzen und sparen. Ihr Tagespensum erlaubt kaum eine Mittagspause. So etwas wie begrenzte Arbeitszeit gibt es nicht, natürlich auch kein arbeitsfreies Wochenende. Ihre Leistung wird mit freiem Quartier und Verpflegung abgegolten. Würde man die Arbeiter so behandeln, wäre längst die Weltrevolution ausgebrochen!

Alle Männer, die außerhalb des Hauses arbeiten, haben wöchentlich zwei freie Tage, während auf die berufstätige Frau immer noch die Hausarbeit wartet.

Schon, um beiderseits die Nerven zu schonen, sollte man einen wöchentlichen Tag der Frau einführen – es müßte ja nicht unbedingt der Sonntag sein –, an dem die Hausarbeit wegfällt. Das Mittagessen wird im Restaurant eingenommen, wo kluge Gaststättenbesitzer die Männer mit niedrigen Preisen anlocken könnten, um sie über ihre zusätzlichen Ausgaben ein wenig hinwegzutrösten.

Anfänglich müßte man diese Vergünstigungen vielleicht als Werbekosten verbuchen, doch mit der Zeit würden sich auch hier Gewinne abzeichnen, wenn auch nicht sehr große.

Vielleicht hätten die Frauen dann Zeit, uns zu lieben. Denn niemand kann es einer Frau, die nach der täglichen, physisch sehr anstrengenden Hausarbeit todmüde ins Bett fällt, verdenken, wenn sie nicht mehr in der Lage ist, dem sehnlichen Wunsch ihres Gemahls nachzukommen."

„Ich bin absolut nicht Ihrer Meinung", erhob der Alte seine Stimme. „Die ewigen Streitigkeiten sind einfach ein Spiegelbild unserer unruhigen Zeit. Daran werden auch Ihre Frauentage nichts ändern. Es ist der ewige Kampf um die Macht, die an allem schuld ist. Die Frauen sind zu streitsüchtigen, bissigen Geschöpfen geworden, die ihre Männer mit allen möglichen Lappalien auf die Palme bringen. Sie beklagen sich pausenlos über ihr Schicksal und verfallen grundlos in Wein- oder Lachkrämpfe. Diese Zustände erinnern bereits an die plötzliche Stimmungsumschwünge der Geisteskranken.

Was sieht man denn heutzutage? Männer, die ihre Frauen mißhandeln. Frauen, die ihre Männer plagen, Eltern, die ihre Kinder martern und Kinder, die sich gegen ihre Eltern auflehnen.

Wenn ein Mann daheim ständig schweigen und nachgeben muß, wird er außerhalb der Familie umso weniger Duldsamkeit an den Tag legen. Dort wird er dann kein Jota von seinen Forderungen abweichen, um sich selbst zu beweisen, daß er sich nicht immer nur demütigen läßt. Natürlich wirkt sich das auf das Betriebsklima nicht gerade günstig aus.

Es gäbe keinen Anlaß zum Streiten, wenn immer nur der eine Teil Unrecht hätte, sagte La Rochefoucauld.

Um ein praktisches Beispiel heranzuziehen, könnten wir die Ehe mit unserer Wohnung vergleichen, in der wir uns nach des Tages Mühen zurückziehen möchten. Es hat aber niemand eine Eigentumswohnung. Wir sind alle im besten Fall Hauptmieter, von den Untermietern ganz zu schweigen. Der Mann flüchtet sich nach den Schwierigkeiten seines Berufslebens allabendlich in den Schoß seiner Familie, und es ist schlimm um ihn bestellt, wenn in dieser Familie solche Zustände herrschen, daß er kaum noch nach Hause zu gehen wagt.

Ein trauriges Heim, die Liebe zu Frau und Kinder sind doch die Grundlagen des Lebens und somit das Fundament der Nationen.

Frieden in der Welt zu schaffen, bedeutet zuerst, den Frieden im eigenen Haus herzustellen, sagte A. Cotty.

Unnötige Störungen des Familienlebens sind eben nicht rein persönliche Angelegenheiten, denn ihre Folgen sind die unglücklichen Ehen und die verlassenen Kinder, die sich nicht mehr zurechtfinden und womöglich zu Verbrechern werden.

Übersehen wir auch nicht die Tatsache, daß die heute in Mode gekommenen wilden Ehen die Frauen nur noch mehr den Männern ausliefern. Natürlich ist ein Trauschein nichts als ein Stück Papier und hat mit Glück nichts zu tun. Aber dahinter steht doch immerhin das Gesetz, so daß der Ehemann wenigstens nicht sang- und klanglos verschwinden und Frau und Kinder im Stich lassen kann, ohne Alimente zu zahlen.

In der Ehe wie in der Religion ist es einfacher, ein Märtyrer als ein Heiliger zu sein, sagte Finber.

Es kommt gar nicht so selten vor, daß prominente Schauspielerinnen ihre Karriere aufgeben, um gute Ehefrauen zu werden. Doch nach einigen Jahren kehren sie auf die Bühne zurück, weil es sich nicht lohnte, für solch einen Schuft von Mann Opfer zu bringen.

Kürzlich las ich in der Zeitung von einer Ehe, die wegen offenkundiger Disharmonie gleich wieder geschieden wurde. Der Bräutigam verabreichte seiner Braut im Verlauf der Zeremonie eine schallende Ohrfeige: Sie hatte mit dem Priester geflirtet."

„Um seinen Ehemann zu lieben, muß man ein Engel sein. Fast jeder von ihnen hat eine Geliebte."

„Wem die Hausmannskost, wie sie nun einmal zur Ehe gehört, nicht mehr schmeckt, der sucht sich eben anderweitig Abwechslung. Im vorigen Jahrhundert . . ."

„Bleiben wir in unserem Zeitalter."

„Lassen Sie mich bitte ausreden? Sonst gehe ich lieber gleich nach Hause."

„Also bitte!"

„Wir müßten zu den Gewohnheiten unserer Großeltern zurückkehren, damals war von Sex noch keine Rede. Das wollte ich sagen. Und hier liegt das ganze Problem."

„Die Frau hält es an der Seite des misarabelsten Ehemanns ein Leben lang aus, auch wenn er sie planmäßig betrügt. Sie wird es sogar für selbstverständlich halten, wenn sie bei ihren Freundinnen eine ähnliche Situation vorfindet. Häufig wählt sie nur deshalb einen älteren Ehepartner, um seiner Treue sicher zu sein. Sie meint mit Recht, von ihm nur dann nicht betrogen zu werden, wenn er dazu gar nicht mehr imstande ist. Ehemals konnten die Frauen noch darauf warten, daß ihr Mann alt wurde.

Zusammenzuleben bedeutet nur, die Einsamkeit miteinander zu teilen, sagte Gelly."

„Die Theologin Madeleine Barot schlug vor, die Frauen bei den Ehezeremonien keinen Eid ablegen zu lassen: es würde sowieso ein Meineid daraus. Keine Frau nimmt es ernst mit dem Gehorsam, den sie ihrem Mann schwört."

„Seien wir doch ehrlich. Jede Frau, die heiratet, erwirbt damit ein Abonnement auf ihr eigenes Unglück. Von da an ist sie nämlich vor die unendliche Aufgabe gestellt, das Zusammenleben Tag für Tag zu ertragen, womit ich gar nicht einmal die Untreue des Mannes meine. Ich will mich auch nicht lächerlich machen, indem ich den Ehemännern ewige Treue predige. Daran glaube ich nämlich selber nicht."

„Die Tragik der Ehe liegt darin, daß der Mann

ein Zusammenleben mit ein und derselben Frau auf Dauer einfach nicht ertragen kann. Wir alle laufen trügerischen Illusionen nach.

Als junger Mann verliebte ich mich in die Frau eines Zuckerfabrikanten. Was habe ich damals durchgemacht! (Seither trinke ich meinen Kaffee ohne Zucker). Ich verließ meine Geliebte schließlich, bevor sie mich verlassen konnte, das heißt, als sie mich zu lieben begann, machte ich mich zwecks Vermeidung von Komplikationen aus dem Staub."

„Schöne Schweinerei!"

„Reine Selbstverteidigung."

„Liebe ohne Schmerz gibt es nicht. Da aber alles vergänglich ist, gibt es auch keinen ewigen Schmerz."

Wo sind die schönen Zeiten, da wir noch unglücklich verliebt waren?, seufzen die deutschen Mädchen.

Lou Salome schrieb die folgenden Zeilen über den Schmerz, die Nietzsche so begeisterten, daß er bedauerte, sie nicht selbst geschrieben zu haben:

Ich weiß, durch jedes Erdendasein muß du gehn.
Und nichts bleibt unberührt von dir auf Erden.
Das Leben ohne dich, es wäre schön,
Und doch, auch du bist wert, geliebt zu werden.

DIE ZÄRTLICHKEIT

Die Zärtlichkeit ist eine geheimnisvolle Kraft, die der Mensch so notwendig braucht wie die Atemluft.

Prof. Noyes

„Es genügt nicht, eine Frau zu heiraten, obwohl ihr das sehr viel bedeutet. Man muß auch verstehen, sich ihre Liebe zu erhalten. Hier spielt die Zärtlichkeit eine große Rolle, die für die Mehrzahl der Männer ein beinahe unbekannter Begriff ist.

Ohne Zärtlichkeit wird der Mensch krank, sagte Professor Bach. Zärtlichkeit verjüngt die Frau körperlich und geistig bis ins hohe Alter. Eine Reihe seelischer und körperlicher Erkrankungen ist zweifellos auf einen Mangel an Zärtlichkeit zurückzuführen.

Zärtliche Liebe ist eine wunderwirkende Kraft, die man leider meist außerhalb der Ehe sucht. Zärtlichen Frauen vermögen die Jahre nichts anzuhaben.

Madame du Défame war 70 Jahre alt und blind, als sie den erst 48 jährigen Horace Walpole glücklich machen konnte. Marie d'Arragon vermochte noch mit 70 Jahren Männerherzen zu entflammen und die einundsiebzigjährige Estelle Fournier eroberte das Herz eines Berlioz.

Ninon de Lenclos war bereits 75, als sie auf die Bitten eines Paters einging und seine Geliebte wurde. Mir ist leider der Name des jungen Römers entfallen, der sich in seine Großmutter verliebte und Selbstmord beging, weil diese ihn nicht erhören wollte."

„La Fontaine war einer der Unermüdlichsten auf der Suche nach Zärtlichkeit. Er brachte es darin so weit, daß er als Schulbeispiel für Treulosigkeit galt. Seine eigene Frau weigerte sich, nach seinem Tode Trauerkleidung anzulegen.

Jede neue Liebe ist voll Zärtlichkeit, darum die unentwegte Suche des Mannes nach immer neuen Geliebten."

„Junge Männer halten die Hingabe einer Frau für ihr gutes Recht und sehen durchaus keinen Grund, dafür dankbar zu sein. Die ihnen angeborene Rücksichtslosigkeit bricht erst das Alter. Allmählich werden sie verläßlicher und beständiger in ihren Gefühlen und jagen nicht mehr jedem Weiberrock nach. Sie fangen an, die Frau zu schätzen, die ihnen ihren Körper schenkt und sie mit Liebe umgibt. Sie wird es ihnen danken und sich an ihrer Seite verjüngen. Goethe hielt es für das beste Verjüngungsmittel, von jungen Frauen geliebt zu werden.

Bedauerlicherweise findet man jedoch die für ein glückliches gemeinsames Leben nötigen Eigenschaften wie Höflichkeit, Selbstlosigkeit und Anpassungsfähigkeit bei jungen Leuten nur sehr selten. Erst bei Menschen, die das Leben bereits hart angefaßt hat, sind diese Tugenden zu entdecken."

„Flugentius Artos", unterbrach mich der Alte wie aus der Pistole geschossen.

„Genau! So hieß der junge Römer, der sich in seine Großmutter verliebte!"

„Ganz senil sind wir also gottlob noch nicht. Das müssen wir mit einem Mokka und einem Bacardi feiern!"

DIE EIFERSUCHT

Eifersucht ist eine gefährliche Krankheit, die durch alles genährt, aber durch nichts geheilt werden kann.
Beaumarchais

„Über die Eifersucht, mein Lieber, weiß ich ein Lied zu singen“, begann der Alte. Er hatte die schönsten Photos seiner zahlreichen Geliebten sorgsam gesammelt und zu Spielkarten umfunktioniert, und freute sich schon darauf, später einmal mit ihnen seine Patiencen zu legen.

„Mein Vater, der ein begeisterter Gebirgsjäger war, hatte mir eine Kollektion von Jagdtrophäen hinterlassen. Ich habe mir die Mühe genommen, unter jedes dieser Geweihe den Namen eines betrogenen Ehemannes zu schreiben, dem eine meiner Geliebten Hörner aufgesetzt hat; schön säuberlich, dazu das Datum und die Zeitspanne, in der sie die meine war.

Diese Sammlung hat eine eifersüchtige Dame entdeckt und mir angedroht, das Datenmaterial den betroffenen Ehemännern eingeschrieben und mit Rückschein zuzustellen. Mit gefalteten Händen habe ich ihr das Versprechen abgerungen, davon Abstand zu nehmen. Was sagen Sie dazu?“

„Ich habe nie behauptet, daß es keine unverschämten Frauen gäbe. Dazu eine Geschichte von Mikszáth, dem ungarischen Schriftsteller. Sie hat sich im vergangenen Jahrhundert zugetragen:

In einem Dorf wurde eine Frau dabei erwischt, als sie auf dem Marktplatz ein verschnürtes Bündel beiseite schaffen wollte. Sie wurde zu zwei Tagen Arrest verurteilt. Als man sie in den Kotter bringen wollte, erhob sie ein so markerschütterndes Geschrei, daß ein junger Mann auf sie aufmerksam wurde und, hingerissen von ihrer Schönheit, den Dorfrichter bat, sie laufen zu lassen. Der Dorfrichter weigerte sich zuerst mit der Begründung, daß dem Gesetz Genüge getan werden müsse. Schließlich schlug der junge Mann vor, die zwei Tage an ihrer Stelle abzusitzen. Das wurde akzeptiert, denn die zwei Tage Arrest mußten abgesessen werden, das war die Hauptsache.

Kurz und gut, der junge Mann verliebte sich in die junge Frau und heiratete sie. Bei einem häuslichen Streit sagte sie: ‚Du sei ganz still! Ich habe schließlich noch nie in meinem Leben im Gefängnis gesessen so wie du.'"

„Bravo", applaudierte der Alte begeistert.

Der Pianist hatte gerade ein Musikstück beendet, stand auf und verbeugte sich in unsere Richtung.

„Wie kommt es, daß die Männer sich häufig erst nach der Heirat für das Vorleben ihrer Ehefrau zu interessieren beginnen und nicht vorher? Es ist auf die Tatsache zurückzuführen, daß der Mann eben nur heiratet, wenn es gar nicht anders geht. Mein Lieber, meistens werden die Männer von den Frauen geheiratet und nicht umgekehrt.

Als einmal ein Mann das Leben einer Frau rettete, fragte ihn diese, wie sie es ihm danken könne?

‚Heiraten Sie mich nicht, bitte!‘

Erasmus von Rotterdam, der holländische Theologe und Humanist, sah in seinem Buch *Das Lob der Torheit* das kleine lächerliche Plus des Mannes als den Hauptgrund allen Übels an.

Ein französischer Abgeordneter erwähnte in einer Parlamentsrede auch einmal dieses kleine Ding – *une petite chose* –, das für die Frauen die Quelle allen Glücks und Unglücks bedeutet, und löste damit nicht enden wollenden stürmischen Beifall aus. *Vive la petite chose!* riefen alle im Chor.

Theophile Gautier wollte über die Frau, die er liebte, überhaupt nicht aufgeklärt werden: Man erfährt ohnehin kaum je etwas Gutes!

Vergangenheit hat bei Mann und Frau sehr verschiedenartige Bedeutungen. Der Mann erinnert sich nicht an jede Frau, die einmal die Seine war, während die Frau nur jene Männer nicht vergißt, denen sie niemals angehören konnte.“

„Sollte ein Mann jemals das Gefühl haben, in seinem Leben zu wenig Leid zugeteilt bekommen zu haben, so möge er sich nur mit der Vergangenheit seiner Frau befassen.“

„Naiverweise bildet der Mann sich ein, durch Eifersucht verhindern zu können, daß er betrogen wird, was völlig fehl am Platze ist, denn die Eifersucht ihres Ehemannes hat noch keine Frau von Seitensprüngen zurückhalten können.“

„Ganz meine Meinung. Und selbst wenn so etwas möglich wäre, muß man sich fragen, ob es sich überhaupt lohnt, eine Frau zur Treue zu zwingen? Wenn sie sich einmal von uns abgewandt hat, werden wir sie sowieso früher oder später verlieren.“

„Ganz gewiß kann ein gewisses Maß an Eifersucht als Barometer der Liebe angesehen werden. Aber sie hat nur in sehr gemäßigter Form eine Daseinsberechtigung, ähnlich wie die kleinen Streitigkeiten, die eine Versöhnung umso süßer machen.

Ist dieses Maß jedoch überschritten, wird die Eifersucht zur Selbstquälerei. Es ist gräßlich, Tag und Nacht von Mißtrauen hin und hergerissen zu werden. Kein Wunder, wenn dies schließlich zu Kurzschlußhandlungen führt.

Jeder Freund, der sich in Reichweite deiner Frau befindet, erweckt deinen Verdacht. Und dann ist es gerade einer, der völlig unschuldig aussieht. (Man hat uns rechtzeitig auf die falsche Fährte gelockt).

Deine Frau wird dich mit deinem besten Freund betrügen, niemals mit deinem Todfeind. Dieses Entgegenkommen kann man von ihr immerhin erwarten. Kürzlich hörte ich einen sogenannten guten Freund sagen:

‚Ich hätte schon längst mit ihr Schluß gemacht, wenn sie nicht die Frau meines besten Freundes wäre.‘

Begründet oder nicht – es ist immer unvernünftig, eine Frau mit Eifersucht zu verfolgen, es sei denn, man will sie verlieren.“

„Als Beispiel dazu will ich Ihnen erzählen, wie ich selbst mich von meiner Eifersucht kuriert habe:

Mein damaliger Nachbar hatte eine bildhübsche Frau, die nicht einmal alleine auf die Toilette gehen durfte. Durch die dünnen Wände des Hauses hörte ich sie oft in Verzweiflung aufschreien: ‚Mein Gott, das ist ja die reinste Hölle!‘

Ihr krankhaft mißtrauischer Mann erlag bald

einem Herzinfarkt. Am Tag seiner Beerdigung sagte mir meine Geliebte, daß sie zur Schneiderin gehen wolle. Kaum war sie weg, erschien die schöne Witwe und fragte nach ihr. Ich gab ihr die Adresse der Schneiderin an, doch nach einer Viertelstunde tauchte sie wieder auf und berichtete, daß sie meine Geliebte dort nicht angetroffen habe.

Natürlich kamen auch mir sofort Zweifel. Wäre ich unvernünftig gewesen, hätte ich meine Geliebte bei ihrer Heimkehr mit Verdächtigungen und Vorwürfen überschüttet. Ich dachte aber an meinen toten Nachbarn: Er sollte nicht umsonst gestorben sein. Ich empfing meine Geliebte also sehr freundlich: ‚Schätzchen, man hat dich gesucht, und ich habe die Adresse deiner Schneiderin angegeben. Stell dir vor, man hat dich dort nicht gefunden.‘

Sie hatte eine beruhigende Erklärung. (Vielleicht hat sie sogar die Wahrheit gesagt).

Sollte eine Frau aber lügen müssen – so laß' ihr etwas Zeit, damit sie die Wahrheit mundgerecht ummodeln kann. Sie wird es dir danken und dich von unangenehmen Zweifeln befreien. So geht man einer unersprießlichen Auseinandersetzung aus dem Wege, die im Endeffekt niemandem nützt.

Wenn man als Frau ein glückliches Familienleben genießen will, spioniert man seinem Mann nicht nach, öffnet seine Briefe nicht und kramt nicht in seinen Taschen herum. Man fragt ihn auch nicht, woher er kommt und wohin er geht."

„Die Frau des großen ungarischen Dichters Endre Ady war auf keine der Geliebten ihres Mannes auch nur im mindesten eifersüchtig. Sie verstand sich sogar ausgezeichnet mit ihnen."

„Sie war eine kluge Frau!“

„Ist es denn nötig, unsere Gefühle jedesmal schriftlich niederzulegen? Seien wir zufrieden, daß die Zeit ihren Schleier über sie breitet und uns gnädig vergessen läßt, was uns einstmals so unerhört wichtig erschien. Nur solche Liebesbriefe erweisen sich später als nutzbringend, die man niemals abgesandt hat. Es genügt, wenn wir die üblichen, wenig geistvollen Worte daherstammeln. Wenn es sich aber einmal absolut nicht umgehen läßt, dann sollte man beim Abfassen solcher Liebesbriefe sehr vorsichtig sein.

Kein Ehemann wird sich darüber freuen, wenn er in den Briefen seiner Frau an einen anderen Mann lesen muß: ‚Ich werde dich lieben, solange ich lebe!‘

So etwas kann man später nicht ableugnen, ja nicht einmal beschönigen.

Es muß auch gesagt werden, daß es Männer gibt. die die zärtlichen Liebesbriefe von Frauen wie eine Art Kriegsbeute aufbewahrten. Darin stehen dann Sätze wie:

‚Ich habe mein Leben lang immer nur auf dich gewartet.‘

‚Dein bis in den Tod.‘

‚Noch nie hat dich jemand so geliebt wie ich.‘ (So etwas behaupten vorwiegend Frauen!)

‚Es war ein Wink des Himmels, daß wir einander gefunden haben.‘

Die Ehemänner finden sich schwer mit dem Gedanken ab, daß die Frau, die sie ganz und gar als ihr Eigentum betrachten, schon mit anderen Männern vor ihnen glücklich zu werden versuchte.

Oder so lächerliche Dinge wie:

‚Bis in alle Ewigkeit könnte ich dich in meinen Armen halten', was doch wirklich kein vernünftiger Mensch ernst nehmen kann!

Gar nicht zu reden von den ‚tausend langen, heißen Küssen', mit denen Frauen ihre Liebesbriefe häufig abzuschließen pflegen. Es ist geradezu grotesk, wenn man versucht, so etwas zu Ende zu denken. Die Dame müßte viele Tage und Nächte mit Küssen zubringen . . .

Kürzlich heiratete mein Freund eine liebenswerte Frau, die in allen Stimmlagen herzerquickend lachen konnte. Am aufregendsten war ein kurzes, unterdrücktes Auflachen, mit dem sie einem den Verstand rauben konnte. Nach ihrer Heirat war ihr Lachen wie erstorben. Sie wurde gemütskrank und von Tag zu Tag schweigsamer. Eines Tages fuhr ihr Mann entsetzt zusammen, als er aus dem Nebenzimmer wieder ihr ausgelassenes Lachen hörte. Zu Tode erschrocken stürzte er in ihr Zimmer: ‚Was um Himmels willen ist passiert?'

‚Oh, nichts besonderes', antwortete sie immer noch vergnügt. ‚Ich habe nur deine Liebesbriefe durchgelesen... Ha-ha-ha... Hi-hi-hi... Ho-ho-ho..."

DER EHEKRACH

Mögt ihr zürnen, nur sündiget nicht. Die Sonne soll nicht untergehen über eurem Zorn.

Heilige Schrift

„Es ist einfach ein Ding der Unmöglichkeit, mit einer Frau zusammenzuleben, die ihre schlechte Laune beständig an ihrer Umgebung, vorzugsweise natürlich an ihrem Ehemann, ausläßt“, sagte der Alte.

„Ein kleiner Ehekrach hat eher eine erfrischende Wirkung. Die Liebe wird aufgefrischt wie die heiße Wüste nach einem furchtbaren Regenguß. Viel schlimmer ist es, wenn die Ehepartner völlig aufgehört haben zu streiten.

Zankt euch nicht, wenn ihr einander nicht liebt, sonst könnt ihr euch nie miteinander versöhnen, sagte Rostand.

Zum Streiten muß der Mann immer bereit sein. Nur wäre es vernünftig, wenn man vorher miteinander besprechen könnte, worüber gestritten werden soll.“

„In jeder Ehe gibt es zweierlei Arten von Unstimmigkeiten. Erstens, wenn der Mann irgendein denkwürdiges Datum vergißt. Zweitens wenn es um die Frage geht, wer von beiden recht hat.

Ich rate allen Ehemännern, sich mit der Wichtigkeit gewisser Gedenktage anzufreunden. Vergessen

Sie um Himmels Willen nie den Hochzeitstag sowie den Namens- und Geburtstag Ihrer Frau! Diese Tage sind selbstverständlich mit einem Geschenk zu begehen.

Am praktischsten sind Blumen. Sollte man aber einmal sehr knapp bei Kasse sein, muß man sich etwas anders einfallen lassen. Man kann z. B. seine Frau vor Sonnenaufgang mit den Worten wecken: ‚Ich wüßte keine Blumen, die ich dir hätte bringen können, denn du bist die schönste aller Blumen.“

„Ich muß Ihnen recht geben“, unterbrach mich der Alte. „Allerdings habe ich die Erfahrung gemacht, daß, wenn man sich Blumen einmal nicht leisten kann, man besser daran tut, in einer Parkanlage oder am Friedhof einen Strauß zu stehlen. Selbst wenn man erwischt wird, kommt man noch billiger davon als bei seiner Frau.“

„Es gibt wirklich nichts Schlimmeres, als wenn man morgens frohgemut aufwacht und die Frau, vor dem Bett stehend, fragt: ‚Was für einen Tag haben wir denn heute?‘

Es gibt sogar Sadistinnen, die uns erst einen Tag später zur Verantwortung ziehen. Besser gesagt, es sind Masochistinnen, weil sie schließlich selber zwei Tage darunter leiden.

Wenn man in eine solche Lage gerät, ist es am besten, kaltblütig zu fragen: ‚Hast du denn nichts bekommen, Liebling?‘

‚Nein.‘

‚So eine Schweinerei! Ich gehe gleich nachschauen!‘

Die Schwäche der Frauen für Gedenktage kann man allerdings mit ein wenig Phantasie auch zu seinen eigenen Gunsten ausnützen. Man kann z. B. alle möglichen Daten erfinden: ‚Heute vor soundsovielen Jahren, meine Liebste, habe ich dich zum ersten Mal gesehen . . . An diesem Tag kam mir zum ersten Mal der Gedanke, wie wunderbar es wäre, wenn du meine Frau werden würdest . . .‘

Man kann sogar den Tag feiern, an dem sie uns zum ersten Mal abscheulich behandelt hat. Schließlich ist doch alles schön, was mit ihr zusammenhängt. An diesem Tag geht deine Frau nicht zu ihrem Geliebten. Sie hängt ihren Mantel zurück in den Schrank.

Ein guter Ehemann sollte aber auch ohne Gedenktag von Zeit zu Zeit ein kleines Geschenk mit nach Hause bringen. Nach einem Seitensprung hüte man sich jedoch, zu Hause mit roten Rosen zu erscheinen. Genau das tut ein Ehemann in einem Theaterstück von Maurois und erntet dafür prompt den Aufschrei seiner Frau: ‚Philippe, du hast mich betrogen!‘

Die weiblichen Zuschauer spendeten stürmischen Beifall.“

„Mein Lieber, alles auf Erden und im Himmel muß sich ständig bewegen, selbst die Lichtstrahlen und die Sterne bewegen sich rhythmisch. Sie atmen.

Um der ewigen Ordnung des Weltalls zu entsprechen, darf auch die Liebe nicht stillstehen. Dafür sorgen schon die Verliebten selbst, indem sie immer darauf aus sind, einander aus der Ruhe zu bringen. Die Frau ist jederzeit bereit, all ihre Kraft einzusetzen, damit kein Dauerfrieden zustande kommt.“

„Ich verliebte mich einmal in ein wunderschönes Mädchen. Doch ein ungetrübtes Glück gab es nie, weil Kati, so hieß die Schöne, immer recht behalten mußte. In unserer Verbindung spielten weder Eifersucht noch Geldsorgen eine Rolle. An allen unseren Auseinandersetzungen war immer nur ihre rechthaberische Natur schuld.

‚Mon amour', sagte ich zu ihr, ‚wir wollen ein Abkommen miteinander schließen: In Zukunft gebe ich dir an den geraden Tagen immer vorbehaltlos recht, und du gestehst mir das Gleiche an den ungeraden Tagen zu. Denken kann dabei jeder, was er will.'

‚Was bist du für ein lieber Mensch', entgegnete sie und war von dem Einfall hellauf begeistert. Sie nahm eine gelbe Vase vom Tisch und schaute mich listig von der Seite an: ‚Ist sie rot oder blau?'

.Was würdest du sagen?'

‚Sie ist schwarz', entgegnete sie.

Damit war ich verpflichtet, die Vase als schwarz anzusehen. Wenn sie an geraden Tagen das Mittagessen verpatzt, mußte ich mich dafür noch bei ihr bedanken.

Eines Tages gab es einen furchtbaren Streit, und da es zufällig mein ungerader Tag war, hielt ich mit meiner Meinung nicht hinter dem Berg. Sie blieb ruhig und schluckte einige Male leer, was meine Wut wesentlich milderte.

Genau um Mitternacht läutete der Wecker.

‚Was ist das für ein Quatsch?'

‚Der Wecker kündet meinen Tag an . . . Hast du etwas dagegen, mein Schatz?'

Sie zog mich nicht nur für den vergangenen Tag, sondern auch für die Vorhergehenden zur Rechenschaft. Ich mußte für alles mögliche um Verzeihung bitten, weil sie, wie sie sagte, Kräfte für die Zukunft sammeln müsse.

Dann küßte sie mich ganz entspannt und liebevoll und wir verbrachten eine wunderbare Nacht zusammen. Sie war glücklich.

Demütigung und Ungerechtigkeit wechselten periodisch den Besitzer und verloren langsam an Bedeutung. Manchmal habe ich ihr sogar um des lieben Friedens willen an meinen Tagen recht gegeben, und mit der Zeit gaben wir das unnötige Ringen um die Wahrheit völlig auf."

„Und was war das Ende dieser Liebschaft?"

„Sie hat mich sitzen lassen, aber nicht an einem ungeraden Tag."

„Schön von ihr."

„Die meisten ehelichen Auseinandersetzungen basieren:

1. auf Wohnungsnot
2. auf Geldmangel
3. auf Untreue des Ehemannes.

Am ärgsten wirkt sich die Wohnungsnot aus, die allerdings meist mit dem zweiten Punkt, dem Geldmangel, eng zusammenhängt. An sich genügt ja schon Geldmangel allein, um eine Ehe zugrunde zu richten.

Auf gar keinen Fall darf man mit den Eltern zusammenwohnen. Es reicht, wenn man versucht, einander zu ertragen.

Der zweite Punkt wäre der Geldmangel. Arm zu sein, ist keine Katastrophe, viele reiche Männer waren früher einmal arm.

Nehmt jede Arbeit an, die sich anbietet, und seid nicht wählerisch!

Der Erfolg liegt nicht darin, daß man tut, was man zu tun liebt, sondern darin, daß man die Arbeit liebt, die man gerade zu tun hat, sagte Erich Kästner.

Der dritte Punkt ist die Untreue. Beim Mann ist das weniger tragisch als bei der Frau.

Eine Frau kann sich nur schwer zu dem Entschluß aufraffen, ihren Mann zu betrügen. Wenn sie aber einmal dazu entschlossen ist, gibt es keine Macht der Welt, die sie davon abbringen könnte. Es bedarf oft nur einiger liebevoller Worte des Verführers, die ihrer ewigen Sehnsucht nach Schmeicheleien entgegenkommen.

Kämpfen wir doch mit den Mitteln der Liebe um die Liebe, mit einem Kuß um einen Kuß. Gewalt und Zwang sind die falschen Mittel. Auf so etwas reagieren höchstens Männer, Frauen sind nur durch Liebe und einen Strauß Blumen zu entwaffnen.

Schwieriger wird der Fall, wenn die Frau die Liebesbezeugungen ihres Mannes zurückweist. Sehr bald wird er dann bei ihr weder Gnade noch Barmherzigkeit finden.

Wie lange die Liebe einer Frau dauern wird? Sie selbst ist jedesmal davon überzeugt, daß sie niemals enden könne. Sie hält das Verlassen des Ehemannes für eine Übergangslösung und versucht sofort, die neue Bindung zu legalisieren.

Der Mann, der die Ehefrau verführt hat, gehört aber auch keiner anderen Spezies an. Er ist um nichts mehr wert als der, den er verdrängt hat. Meistens ist es ein schlechter Tausch. Es gibt einige wenige Ausnahmen, die nur die Regel bestätigen.

Der schwedische Psychologe Mielhoff hält es für günstig, wenn man das Zusammenleben von Zeit zu Zeit durch einen Urlaub unterbricht. Zwei Wochen sollten die Eheleute getrennt verbringen und danach eine Ferienwoche gemeinsam genießen."

„Nicht ratsam ist ein solcher getrennter Urlaub für Eheleute, die sich nicht mehr lieben, es besteht nämlich die Gefahr, daß einer von beiden nicht mehr zurückkommt. Es ist auch nicht ratsam, vernachlässigte Ehefrauen im Alter von 40 Jahren allein zu lassen. Die runden Zahlen sind immer besonders gefährlich."

„Beim Mann ist jedes Alter gefährlich."

„Der amerikanische Psychiater R. A. Ravich rät Verheirateten, in deren Ehe es zu kriseln beginnt, zwecks Ablenkung mit einer Miniatureisenbahn zu spielen."

„Der Mann kennt aber die Frauen nicht! Das einzige, womit sie gerne spielen, sind die Nerven ihrer Männer.

Aber Amerika ist sowieso eine andere Welt, bleiben wir lieber in Europa. Eine Umfrage ergab kürzlich, daß 99 Prozent der deutschen Mädchen die Ehe mit dem Vorsatz eingehen, sich ausschließlich den Kindern und dem Haushalt zu widmen. Aber nach einigen Jahren schon sieht es ganz anders aus: 90 Prozent der Ehefrauen möchten unbedingt zurück in das Erwerbsleben. Sie haben die Hausarbeit satt und wünschen sich nichts sehnlicher, als wieder eigenes Geld zur Verfügung zu haben."

„Ganz anders argumentiert die Pariserin. Dort ist das moderne, berufstätige Mädchen unfähig, die Bedeutung einer Ehe auch nur zu verstehen:

‚Ich habe genau das gleiche Diplom wie ein Mann. Warum also sollte ich mich ihm unterordnen? Ihn bedienen, etwa seine Schuhe putzen? Aus Liebe würde ich es gewiß jederzeit gerne tun, aber nicht aus Verpflichtung. Ein Mann, der so etwas von mir verlangt, liebt mich nicht und sollte auch von mir nicht geliebt werden. Wozu also soll eine lebenslange Bindung gut sein? Etwa dazu, daß er mich sexuell ausnützen und schließlich betrügen kann? Er raubt mir lediglich meine Freiheit und meine Persönlichkeit. Ein Kind allerdings sollte man haben, und zwar vor Vollendung des dreißigsten Lebensjahres, schon, um nicht frühzeitig zu verwelken. Ein Kind verschönt und vervollkommnet jede Frau.' "

„Frauen sind eben Rebellen, aber keine Revolutionäre."

DER EHEBRUCH

Wenn einer seine Seitensprünge nicht geheimhalten kann, hat er seine Frau nie geliebt.

Roussin

Keine Ehe spielt sich ausschließlich zwischen zwei Personen ab. Früher oder später kommt unweigerlich eine dritte hinzu, die auch geliebt werden will.

„Der treulose Mann liebt im Grunde genommen meistens seine Frau. Den Seitensprung sieht er als bedauerlichen Zwischenfall an, den man ihm nachsehen wollte, während die Frau im gleichen Fall ihren Mann sofort verlassen will. Wo bleibt das das vielgerühmte gute Herz der Frau, das Sie so standhaft verteidigen? Martin du Gard bemerkte einmal ganz richtig: *Weiber sind indifferent gegenüber dem Leiden, das sie den Männern zufügen.*

Auch für Seitensprünge gibt es eine Hauptsaison. Bei den Frauen sind sie um die Vierzig herum am häufigsten. Bei den Männern spielt das Alter keine Rolle. In Großstädten bietet sich natürlich mehr Gelegenheit dazu, und im Süden ist dieses Laster doppelt so häufig wie in den nördlichen Ländern. Am heftigsten grassiert diese Seuche nicht etwa in Paris, sondern an der Côte d'Azur."

„Man wird meistens betrogen, während man verreist ist.

Ein Pariser Aristokrat, der sich auf eine längere Reise begab, verabschiedete sich mit den Worten: ‚Ma chère, betrügen Sie mich nicht in meiner Abwesenheit' und bekam zur Antwort: ‚Mon cher, daran denke ich nur, wenn ich Sie sehe.'"

„Wenn man das Eheleben so beobachtet, sieht man zwei supernervöse Wesen auf relativ kleinem Raum zusammengepfercht, die meist absolut nicht zueinander passen."

„Da machen sich die Männer selbst etwas vor."

„Jede Ehe wird doch aus einem anderen Grund geschlossen. Man liebt und man haßt sich später, aber auch das aus sehr verschiedenen Gründen. So kann es natürlich kein Allheilmittel geben, ebenso wenig wie bei jeder anderen Krankheit.

Meine zweite Frau liebte mich, doch sexuell paßten wir gar nicht zusammen. Jede physische Vereinigung bereitete ihr Schmerzen. Man sollte Frauen nach dem Sexuellen klassifizieren."

„Wir sind schließlich keine Gynäkologen."

„Alles, was schön in meinem Leben war, verdanke ich den Frauen. Sie waren alle so zart und graziös. Ich liebte ihre Zärtlichkeit und Opferbereitschaft."

„Warum dann Ihre dauernden Attacken?"

„Die richten sich nur gegen die heutigen Weiber, nicht gegen jene aus meiner Jugendzeit. Ich frage mich, ob nicht all die Krankheiten wie Krebs und Herzinfakt, die es früher kaum gegeben hat, Strafen Gottes sind?"

In diesem Moment ging eine bezaubernde junge Dame vorbei. In ihrem leichten, durchsichtigen Kleid bewegte sie sich voll Anmut. Der Alte deutete mit seiner Zigarre in ihre Richtung:

„Sehen Sie sich doch das einmal an: zwei überdimensionale Geschwulste oben und zwei noch größere unten. Bösartige Geschwulste sind das. Karr war der Meinung, man müsse vorsichtig mit ihnen umgehen. Seien Sie doch aufrichtig, mein Lieber: Kann man so ein Weib ernst nehmen?"

„Darauf ist die Welt gegründet. Übrigens, zur dritten Ursache ehelicher Streitigkeiten habe ich nur zu sagen: Wenn wir unsere Frauen schon zeitweise betrügen müssen, dann sollten wir uns wenigstens den Rückweg offenlassen. Sie sagten nämlich, wenn ich mich recht entsinne, daß jeder Mann nach einem Seitensprung zu seiner Frau zurückkehren will."

„Ja, das habe ich gesagt."

„Sie haben auch gesagt, daß, wenn Eheleute einander betrügen, die Frau der gefährlichere Gegner ist."

„Jawohl. Na und?"

„Meiner Ansicht nach darf man es gar nicht soweit kommen lassen, daß die Ehefrau den Betrug entdeckt."

„Ja, und?"

„Die wirksamste Methode, eine Geliebte loszuwerden, besteht dagegen darin, bei der eigenen Frau Hilfe zu suchen."

„Um Himmels Willen!"

„Man muß nur die geeignete Stimmung abwarten, beispielsweise, wenn sie gerade ausruft: ‚Ich bin die glücklichste Frau der Welt!' Das ist genau der richtige Moment für eine Beichte: ‚Mein Liebling, ich habe dich betrogen!'

Während sie einen wie gelähmt anstarrt, muß man

sogleich fortfahren: ‚Ich habe es bitter bereut und wünschte mir nichts sehnlicher, als es ungeschehen zu machen. Ich weiß nur nicht, wie ich das anstellen soll. Hilf mir um Gottes willen! Du kannst es vielleicht mit deiner lieben Mama besprechen. Der Himmel möge euch beistehen!‘

Zuerst wird die Hölle losbrechen. Gattin und Schwiegermutter werden einen bestimmt nicht gerührt in die Arme schließen, wie in der Heiligen Schrift der Vater seinen verlorenen Sohn.“

„Haben Sie diese Methode schon einmal ausprobiert? Sagen Sie die Wahrheit. Gott hört uns!“

„Nein, ich bin gerade jetzt erst auf die Idee gekommen.“

„Dann geben Sie bitte keine unverantwortlichen Ratschläge. Ich habe eine bessere Idee. Die Ehefrau sollte, anstatt Krach zu schlagen, ihre Rivalin aufsuchen. Nicht, um ihr Mitleid zu erwecken, indem sie sich auf ihre Kinder beruft. Das würde auf die Geliebte wie ein rotes Tuch wirken, da sie vielleicht selber gerne Kinder hätte. Auch Beschimpfungen der Rivalin sollte sie sich verkneifen. Frauen in ihrer Lage haben oft nicht viel zu verlieren, und wenn die Polizei sich einmischt, könnte das die Karriere des Ehemannes beeinträchtigen, was im Endeffekt doch die ganze Familie in Mitleidenschaft ziehen würde.“

„Was Sie nicht sagen. Sie stehen plötzlich auf Seiten der Frauen?“

Er machte eine Bewegung, als hätte er eine Fliege fortscheuchen wollen.

„Klar, wenn es sich um meine Tochter handelt!“

„Ach so ist das!“

„*Seid listig wie die Schlangen,* rät die Heilige Schrift. Ich habe seinerzeit meiner Tochter folgendes geraten:

Zieh dein schönstes Kleid an und hänge dir deinen ganzen Schmuck um. Das ist eine schwere Waffe gegen jede Frau. Trachte, ruhig und sachlich zu bleiben und schenke ihr dein strahlendstes Lächeln: ‚Ich bin so froh, Sie kennenzulernen! Verstehen Sie mich nicht falsch. Ich will Sie meinem Mann nicht abspenstig machen. Ich bin seine dauernden Seitensprünge ja gewöhnt. Wenn Sie beide auseinandergingen, würde mir das nichts nützen. Er würde sich eine andere suchen, wo aber könnte er wieder ein so reizendes, sympathisches Geschöpf finden wie Sie? Bestimmt hat er Ihnen die Heirat versprochen, das tut er jedesmal. Aber Sie werden doch nicht darauf hereingefallen sein, eine so intelligente Person wie Sie? Ich bin nur gekommen, um, falls es nötig sein sollte, die Situation zu klären und Ihnen dadurch Enttäuschungen zu ersparen. Kann ich Ihnen sonst noch irgendwie behilflich sein?‘

Sie wird sich all das wie versteinert anhören. Danach kann man beruhigt nach Hause gehen und die Angelegenheit als erledigt betrachten. Für den letzten Paukenschlag wird bestimmt die andere sorgen. Er kann von Glück reden, wenn er heil nach Hause kommt, aber kommen wird er bestimmt, da er ja keine andere Bleibe mehr hat.

So habe ich die Ehe meiner Tochter gerettet.“

„Allerdings muß man auch die Kehrseite der Medaille betrachten: Die Geliebte, die hinter länger andauernden Liebschaften eines Ehemannes steht, wurde meist jahrelang irregeführt und ist ein Opfer ihrer Leichtgläubigkeit. So eine arme, betrogene Frau darf man nicht demütigen. Sie werden mich fragen, warum sie sich denn gerade einen verheirateten Mann angelacht hat. Aber mein Freund, Sie wissen ja selbst, daß ein Ehemann nur im äußersten Notfall die Existenz seiner Frau zugibt, dann nämlich, wenn die Geliebte Heiratsansprüche stellt. In solchen Fällen ist dann auf einmal sogar von seinen armen Kindern die Rede, die er keinesfalls verlassen darf . . .

So betrachtet konnte unter Umständen auch die Geliebte die Ehefrau besuchen, ohne Schmuck, ganz einfach gekleidet, um sich bei ihr auszuweinen. Grund genug hat sie dazu!

Eine weinende Frau erweckt bei einer anderen immer das typisch weibliche Zusammengehörigkeitsgefühl. Das klappt allerdings nur bei gleichaltrigen Frauen. Sobald es eine ältere Frau und eine jüngere sind, hat die jüngere das Spiel verloren. Ihre Jugend wird ihr auf keinen Fall verziehen.

Ich selbst war einmal bei einer verlassenen Geliebten zum Tee eingeladen. Die Dame war in Sachen Liebe sozusagen schon Rentnerin. Ich wollte ihr, bevor ich ging, beim Wegräumen des Geschirrs helfen, doch sie protestierte heftig: ‚Nein, bitte lassen Sie alles so stehen. Das erweckt in mir die Illusion, nicht alleine zu sein.‘

Es gibt viele solcher unglücklicher Frauen, die pflichtbewußt und nett gekleidet daherkommen und immer auf einen Besuch vorbereitet sind. Leider aber klopft nur die Einsamkeit an ihre Tür und setzt sich auf ihren Bettrand, um den täglichen Tribut an Tränen einzuheben.“

DIE SCHEIDUNG

Das Gesetz Mose verurteilte die Ehebrecherin zum Tode. Bei den Ägyptern wurde ihr die Nase abgeschnitten. Heute aber lacht man nur über den gehörnten Ehemann.

Chamfort

„Wenn wir auf die alttestamentarischen Zeiten zurückblicken, müssen wir den heutigen Ehemännern unsere Anerkennung aussprechen, da sie immerhin nur selten mehr als zwei Frauen zur gleichen Zeit begehren, die eigene Ehefrau miteingerechnet“, sinnierte der Alte.

„Mein lieber Freund, das ist nur eine Zeit- und Geldfrage. Übrigens summt der Mann – poetisch ausgedrückt – auch heute noch wie eine Biene unter den Weibern herum, bis eine, die keinen Sinn für blumenreiche Gleichnisse hat, ihm die Knochen im Leibe bricht. *Es ist nicht das Gleiche, ob man eine Missetat nicht begehen will, oder ob man sie nicht begehen kann,* sagte Seneca.“

„Das bezieht sich aber auch auf Ihre Behauptung, daß die Frau seltener betrügt als der Mann. Sie kommt einfach nicht so oft dazu, wie sie gerne möchte.“

„Es besteht wahrhaftig kein Grund, warum eine unglückliche Ehe von noch so kurzer Dauer um jeden Preis aufrechterhalten werden sollte. Das würde beide nur in noch größeres Unglück stürzen.

Anders ist es, wenn Kinder vorhanden sind, oder wenn die Ehefrau das fünfzigste Lebensjahr überschritten hat. Im zweiten Fall geht es doch nur darum, daß der liebe Ehemann gerne eine jüngere Partnerin hätte."

„Frauen haben eine geheimnisvolle Macht. Wenn sie sich nur fest genug einbilden, daß der Mann sie betrügt, wird ihnen das zur Realität, selbst wenn der Ehemann nie daran gedacht hat."

„Sie haben eine rege Phantasie, mein Lieber."

„Für eine Frau genügt es, wenn sie Verdacht schöpft. Einen Beweis hat sie nicht nötig. Ein Mann hingegen muß erst von der Umwelt aufmerksam gemacht werden, daß zu Hause etwas nicht stimmt."

„Wenn eine Frau sich von ihrem Mann trennen will, sollte sie ihm das nicht aus heiterem Himmel mitteilen. Selbst dann nicht, wenn er mit einer anderen Frau glücklich zusammenlebt. Gegen einen wild gewordenen Ehemann gibt es nämlich keinen Schutz, nicht einmal Polizeischutz. Ein solcher Hilferuf würde sich etwa folgendermaßen abspielen: ‚Hallo, Polizei? Helfen Sie mir, mein Mann will mich umbringen!'

‚Woher nehmen Sie das?'

‚Er bedroht mich!'

‚Was ist denn geschehen?'

‚Gottlob noch nichts.'

‚Dann rufen Sie bitte erst an, wenn wirklich etwas passiert ist.'"

„Aber bleiben wir bitte objektiv. Wir haben doch beide schon festgestellt, daß ein Seitensprung für den Mann nicht bedeutet, daß er seine Frau nicht mehr liebt.“

„Eine Frau aber wird das nie begreifen, weil sie sich niemals einem Mann hingeben würde, den sie nicht liebt. Sie schließt eben von sich auf die anderen.

In einer guten Ehe verwandelt sich die Liebe langsam in tiefe Zuneigung, die selbst über den Tod hinaus bestehen bleibt. Es sind das jene Ehepaare, die Arm in Arm im Stadtpark spazierengehen. Viel zu sagen haben sie einander vielleicht nicht mehr, aber sie sorgen sich umeinander, und in ihren Herzen hat sich längst der bange Gedanke eingeschlichen, der sie immer wieder zu dem Stoßgebet veranlaßt: Lieber Gott, gib', daß ich als Erster fortgehen darf, wenn wir schon nicht gemeinsam sterben können. Ich hätte nicht die Kraft, den Verlust der einzigen Zuflucht, die mir im Leben noch geblieben ist, zu ertragen.“

DIE VERGEBUNG

Vergeben ist nichts anderes, als sich der Möglichkeit auszusetzen, noch einmal beleidigt zu werden.

Schopenhauer

„Der Heiligen Schrift zufolge freut sich der Herr über einen reuigen Sünder mehr als über 99 Gerechte, was offensichtlich bedeutet, daß es gar nicht so einfach ist, sich zu bekehren. Deswegen kommt es auch so selten vor, und die Wahrscheinlichkeit ist gering, daß man eine wirkliche Bekehrung erlebt. Eben darum tut man gut daran, es gar nicht erst zu erwarten.

Wenn man ohne Buße Verzeihung erlangen könnte, wäre die Welt voller Verbrecher.

Es gibt viele Ehemänner, die sich zwischen zwei Frauen einfach nicht entscheiden können, auch wenn sie mit einer von ihnen gar keinen sexuellen Verkehr mehr haben. (Meistens ist das die Ehefrau).

Noch weniger verständlich ist es, daß sie doch häufig ihren treulosen Frauen verzeihen, anstatt sich von ihnen zu trennen. Warum wohl?

1. Verzeihen kostet nichts, eine Scheidung aber käme sie teuer zu stehen.

2. Im Leben fast jedes verheirateten Mannes gibt es eine andere Frau, die nur darauf wartet, von

ihm geheiratet zu werden und die, sobald sie das erreicht hat, möglicherweise einen noch viel unerträglicheren Charakter haben könnte als seine jetzige Frau.

3. Man hat sich an die guten und schlechten Eigenschaften seiner Frau bereits gewöhnt. Man weiß, was man aufgibt, nicht aber, was man sich dafür einhandelt. *Einen Wert erkennt man immer erst dann als solchen, wenn man ihn verloren hat,* sagte Gide.

4. Der Mann liebt häufig beide Frauen. Die eine seelisch, die andere körperlich. Die Trennung von der Ehefrau bedeutet für ihn oft eine Katastrophe."

„Die Situation wird auch nicht einfacher, wenn die Frau zur Scheidung bereit ist. Es ist nicht leichter, sie zu verlassen, wenn sie sich mit dem gleichen Gedanken trägt.

Um noch beim Thema „Verzeihung" zu bleiben: Auch da gibt es verschiedene Möglichkeiten. Ein Beispiel, wie sich der Mann und wie sich die Frau verhält. Angenommen, man hat jemanden finanziell übers Ohr gehauen und bereut es nachträglich. Man sucht also den anderen auf, um den Schaden wieder gutzumachen.

Handelt es sich um einen Mann, so wird die Sache in Ordnung kommen. Man versuche es aber ja nicht bei einer Frau! Sie wird einen derartigen Skandal veranstalten, daß man noch von Glück reden kann, wenn man nicht bei der Polizei landet.

Geht es aber um die Liebe, so wird der gesamte Vorgang genau umgekehrt verlaufen. Die Frau verzeiht, der Mann hingegen wird große Lust verspüren, den Liebhaber auf der Stelle umzubringen."

„In Frankreich sagt man: *Alles verzeihen heißt alles verstehen.* Dazu bemerkte Commerson einmal: *Ich verzeihe diesen Spruch, aber verstehen kann ich ihn nicht!*

Meiner Meinung nach können nur fromme Legenden behaupten, daß eine untreue Frau sich in eine gute Ehefrau, ein Verbrecher in einen anständigen Menschen und ein Dieb in einen ehrenhaften Mann verwandeln kann. Aber nehmen wir einmal an, daß so etwas wirklich möglich wäre. Wie kann man es nachprüfen? Wohl nur durch jahrelange Erfahrung. Und solange lebt man in ständiger Angst . . .

Die Vergebung hat also, wie man sieht, ihre Tücken. Und irrt man sich, so zahlt nicht der Sünder drauf, sondern der, der verziehen hat.

Es gibt eine Reihe von Männern, die sehr wohl wissen, daß sie von ihren Frauen betrogen werden, aber einfach nicht den Mut aufbringen, dieser Tatsache ins Auge zu sehen.

Männer, die wirklich nichts davon wissen, müßten sich bei ihren Frauen dafür bedanken, da ihnen dadurch einiges erspart geblieben ist. (In Persien behauptet man von dem berühmten Astronomen Brahim, daß er genau berechnen konnte, wann und wo ein Komet in Erscheinung treten und in welche Richtung er sich entfernen würde, dafür aber hätte er offensichtlich keine Ahnung gehabt, wo seine Frau sich allabendlich mit ihrem Geliebten vergnügte).

Ich hatte eine ganze Aktenmappe voll Beweisen gesammelt, um meiner Frau ihre Untreue nachzuweisen. Ich fuhr mit ihr auf einen verlassenen Bauplatz. Bei uns zu Hause waren die Wände so dünn, daß sie um Hilfe schreien und einen Skandal heraufgeschworen hätte können. Ich legte ihr die Beweise Stück für Stück vor, was nicht ganz ohne Handgreiflichkeiten verlief. Sie warf sich zu Boden und spielte mir eine Szene vor, als ränge sie mit dem Tod."

„Der Mann betrügt seine Frau nur zum Vergnügen, die Frau dagegen wird einfach verführt."

„Darin schließe ich mich Ihnen an."

„Es kann allerdings durchaus vorkommen, daß eine untreue Gattin in flagranti erwischt wird und gezwungen ist, ihren Seitensprung einzugestehen."

„Bei uns könnte derlei niemals vorkommen", sagte der Alte.

„Nehmen wir einmal an, eine Frau beginnt völlig unerwartet mit einer reumütigen Beichte. Niemals darf man so etwas ernst nehmen. Sie kämpft einzig darum, das verlorene Vertrauen ihres Mannes zurückzuerobern. Sie wird ohne Gewissensbisse einen heiligen ‚Meineid' ablegen und sich dabei sogar noch gut vorkommen in dem Glauben, ihrem Mann seinen Seelenfrieden wiedergegeben zu haben."

Der Alte hörte ruhig zu.

„Ihnen ist das natürlich ganz neu?" fragte ich.

„Sie sind allzu naiv, mein Lieber. Wenn man mit mehreren Frauen gleichzeitig zu tun hat, kann man es gar nicht vermeiden, belogen zu werden."

„Eine betrogene Ehefrau wird die Untreue ihres Mannes einfach verzeihen. Einzelheiten will sie nicht wissen. Dagegen wird der Mann in einem solchen Fall ein peinliches Verhör beginnen:
1. Warum hast du mich betrogen?
2. Wie oft?

3. Wie sehr hast du ihn geliebt?
4. Hast du denn gar nicht an mich gedacht?
5. Liebst du mich noch?
6. Gibt es sonst noch jemanden, mit dem du mich betrogen hast?

Am einfachsten ist es, plötzlich aufzuschreien: ‚Laß mich sterben!‘

Ein vernünftiger Ehemann sollte seiner Gattin ganz ruhig mitteilen: ‚Mein Rechtsanwalt ist Dr. Pipinek.‘

Sollte er aber zufällig mit eben diesem Trottel betrogen worden sein, so verkünde er stattdessen: ‚Jetzt erstatte ich Anzeige bei der Rechtsanwaltschaftskammer!‘

In einem solchen Fall wird der Ehemann folgendes zu hören bekommen:

1. Ich habe immer nur dich geliebt!
2. Ich wußte nicht, daß du mich so sehr liebst!
3. Ich leide unsäglich.
4. Was soll ich tun, damit du wieder an mich glauben kannst?
5. Töte mich, wenn du willst, nur entziehe mir bitte nicht deine Liebe!
6. Meine Freundin Inge hat mir dieses Schwein vorgestellt. Oder:
   Du hast mich nie verstanden . . .

Es gibt Frauen, die einem streng in die Augen sehen und sagen: ‚Ja, ich habe dich betrogen. Na und?‘

Daraufhin muß der Mann aufschreien: ‚Wo ist der Revolver, den ich gestern gekauft habe?‘

‚Hilfe, Mörder!‘

Kümmern wir uns nicht um die Nachbarn. Die

leben genauso wenig in Frieden, wenn sie verheiratet sind."

„Keiner Frau würde es einfallen, etwas zu bereuen oder um Verzeihung zu bitten. Sie erwartet einfach, daß alles im Sande verläuft, als wäre nichts passiert. Nicht einmal die Meinung ihres Mannes will sie anhören. Sie will einfach nicht zur Kenntnis nehmen, daß niemand so meisterhaft sündigt, daß er danach ausrufen könnte: ‚Kinder, es hat sich gelohnt!'

Frauen jammern und beschwören ihre Unschuld, denn sie wollen die Folgen nicht auf sich nehmen. Die waren einfach nicht einkalkuliert."

WER MIT WEM?

Strenge dich an, um zu bekommen, was du liebst, sonst wirst du schließlich lieben müssen, was du hast.

G. B. Shaw

„Eine der traurigsten Erscheinungen unserer Zeit ist", ließ sich der Alte vernehmen, „daß sich heutzutage das Liebesleben keineswegs auf die Ehe beschränkt. Die Menschen begatten einander kreuz und quer wie die freigelassenen Hunde.

Drei Arten von Frauen werden wir auf unserem Lebensweg begegnen:

1. Die Unberührten (theoretisch)
2. Die Verdorbenen
3. Die Enttäuschten

Bei den Unberührten handelt es sich noch um Kinder, man selbst darf sie also auch nicht berühren. Sich mit den Verdorbenen einzulassen, ist nicht empfehlenswert. Es bleiben also nur die Enttäuschten übrig. Die ganze Welt ist voll enttäuschter Frauen.

Über das Mädchen, das man zur Frau nehmen will, könnten zweifellos am ehesten diejenigen Auskunft erteilen, die es erzogen haben und mit ihm zusammenlebten. Aber gerade von dieser Seite erfährt man am seltensten die Wahrheit.

Man ist in der gleichen Situation wie eine Hausfrau, die sich beim Einkaufen einer Ware erkundigt:

‚Ist das frisch?‘ Es wird kaum jemanden geben, der ehrlicherweise zugibt: ‚Nein, gnädige Frau, gehen Sie lieber in ein anderes Geschäft.‘“

Aus vielen, unwichtig erscheinenden Eigenschaften setzt sich der Charakter eines Menschen zusammen. So verwunderlich das auch klingen mag, halte ich es deshalb für ratsam, sich bei seiner Erkundigungstour direkt an die Betroffene zu wenden, das heißt, an die Frau, die man eventuell heiraten will.

Es bedarf dazu nur ganz harmloser Fragen, die jede Frau wahrheitsgetreu beantworten wird. Zum Beispiel, ob sie ein Morgen – oder ein Abendmensch ist. Das ist wichtiger, als man annehmen würde.

Der Abendmensch beginnt nämlich erst in den Abendstunden zu leben und ist am Morgen launisch und ungenießbar. Der Morgenmensch dagegen ist abends rechtschaffen müde. Das kann natürlich zu Schwierigkeiten führen.

Mit einiger Selbstdisziplin ist es selbstverständlich möglich, sich umzugewöhnen, doch ist die Verliebtheit, die mit der Zeit überdies bestimmt vergeht, dazu kein ausreichendes Motiv.

Ich kannte einen jungen Mann, bei dem die Unstimmigkeiten bereits in den Flitterwochen begannen. Die junge Frau lag bis Mittags im Bett, wo sie auch das Frühstück einnahm, um nachher sofort wieder einzuschlafen. War sie doch einmal gezwungen, morgens aufzustehen, dann war sie so schlecht gelaunt, daß man sie ins Bett zurückwünschte. Vormittags war mit ihr also nichts anzufangen. Der junge Mann besuchte alle Sehenswürdigkeiten von Paris, die Museen und Bildergalerien allein. Wenn er jedoch abends müde ins Hotel zurückkehrte, begann die Frau erst richtig wach zu werden. Nun hätte sie gerne etwas gesehen, da aber außer den Nachtlokalen nichts mehr geöffnet war. ließ sie die halbe Nacht das Licht brennen und las Kriminalromane.

Die Ehe ging sehr bald in Brüche.

Tag- und Nachtmenschen sollten einander also keinesfalls heiraten. Es gäbe in allen Belangen nichts als Schwierigkeiten, und wenn immer einer nachgeben muß, stellt das eine zu große Belastung für eine Ehegemeinschaft dar."

„Optimisten und Pessimisten passen ebenfalls nicht zusammen. Sehr dekorative Frauen, die immer geschminkt und mit langen Fingernägeln einherstolzieren, wollen ständig wie ein Dekorationsobjekt, wie ein Gummibaum oder eine Palme, bewundert werden. Sie sind den ganzen Tag nur darauf bedacht, daß ihre Nägel nicht abbrechen, und wenn es doch einmal passiert, sind sie voll damit ausgelastet zu warten, daß sie wieder nachwachsen und sind bis dahin übelster Laune. (Von Arbeit kann keine Rede sein, denn dazu bräuchte man ja die Hände)."

„Es sind meist verwöhnte Kinder aus begüterten Familien, denen man jede Auseinandersetzung mit dem Leben ersparen wollte."

„Aber mit langen Fingernägeln kann man nicht einmal Klavier spielen", wandte der Alte ein.

„Pedantische Menschen sollten nur mit ihresgleichen zusammenleben dürfen. Eine frohgemute Natur sollte sich nicht an einen Melancholiker binden, denn dieser wird ihre Fröhlichkeit mit der Zeit als persönliche Beleidigung empfinden.

Eine Büchernärrin könnte sich mit einem Musikfreund zur Not noch einigen. Schwärmt er aber nur für klassische und sie nur für Jazz-Musik, so werden sie einander von Anfang an beschimpfen und am Schluß nur mehr hassen.

Ein Mann, der gerne ein ruhiges Familienleben genießen möchte, sollte keine Frau wählen, die für ihr Leben gerne tanzt.

Realisten und Idealisten sind bestimmt auch nicht füreinander geboren.

Einzelkindern und Waisenmädchen sollte man von vorneherein mit Vorsicht begegnen. Die Ersteren sind meist verwöhnt, die Letzteren könnten an ihrem Charakter Schaden genommen haben.

Arm und reich vertragen sich nur dann, wenn der Mann der Begüterte ist. Eine wohlhabende Frau wird ihren Ehemann den Standesunterschied ständig fühlen lassen, und ein reiches Mädchen in Armut zu stürzen, ist auch nicht ratsam.

Das sind so die Hauptgegensätze, die in einer Ehe wie eine Ladung Dynamit wirken, welche jeden Augenblick explodieren kann."

„Ich möchte dazu auch einiges bemerken", meinte der Alte: „Gegensätze heißt es, ziehen einander an. Aber damit ist nur gemeint, daß der Mann eine Frau und die Frau einen Mann für sich will.

Ich würde eher dem altrömischen Spruch recht geben: *Asinus asinum fricat*: Ein Esel bewundert den anderen. Auch Schopenhauer äußerte sich dahingehend. Er meinte, wenn in einer Gesellschaft zwei Trottel zusammenfinden, wären beide begeistert, endlich einem vernünftigen Menschen begegnet zu sein.

Gleiches soll durch Gleiches geheilt werden, sagte Hahnemann, der mit 85 Jahren ein 25 Jahre altes Mädchen heiratete! Die Frau sollte nie älter sein als der Mann und der Mann nie älter als sein Schwiegervater. Es gibt natürlich auch Ausnahmen, aber man sollte es lieber nicht darauf ankommen lassen."

„Im vorigen Jahrhundert betrachtete man es als den idealen Altersunterschied, wenn die Frau halb so viel Jahre wie der Mann plus sieben Jahre zählte. Zu einem zwanzigjährigen Mann würde demnach also am besten ein Mädchen von 17 passen."

„Sehr junge Burschen sind zur Ehe überhaupt nicht geeignet. Das Eheglück mit ihnen dauert meist nur kurze Zeit. Das ist statistisch erwiesen.

Keine Experimente mit verheirateten Männern! Solche Beziehungen sind zu 90 % zum Scheitern verurteilt.

Eine Frau sollte sich auch kein Genie zum Manne wünschen. Darunter verstehe ich auch Ärzte, Politiker und Wissenschaftler aller Art. Schopenhauer sagte: *Solche Leute vermögen kein geordnetes Leben zu führen. Sie haben meist wenig Sinn für die Realität und sind oft nicht einmal fähig, ihre Begabung in eine durchschnittliche Existenz umzusetzen, da sie eigentlich nur für ihre Arbeit allein zu existieren scheinen.*

Auch Egoisten sind unbedingt zu meiden. Was ist eigentlich ein Egoist? Nach Achard ist das *ein Mensch, der immer nur von sich selbst spricht, wenn du mit ihm reden willst.*

Schönheit ist auch kein Vorteil, denn der schöne Mann will auch für andere schön sein. Seine Schönheit muß die ihm Angetraute mit Leiden bezahlen."

„Jede Frau weiß, was für ein erbitterter Kampf eine Ehe ist. Es wird ihn daher jene Frau leichter bestehen, die das Leben nicht allzu sehr verwöhnt hat. Schön zu sein, ist natürlich ein großer Vorteil für die Frau. Nur verstreut die Natur ihre Schätze selten mit beiden Händen. Schönheit ist oft mit Dummheit gepaart, was bei einer Frau nicht unbedingt ein Nachteil sein muß, denn soviel Verstand wie sie braucht, um ihre Berufung zu erfüllen, hat sie meistens noch."

„Nun etwas sehr Wichtiges haben wir noch vergessen", sagte der Alte. „Was lehrt uns die Heilige Schrift: *In den kleinen Dingen steckt die Wahrheit.*

Kein Mann würde erbleichen, wenn er einen neuen Hut auf dem Kopfe seines Freundes erblickte. Dagegen findet man keine Frau, die während des Essens Zeitung liest.

Es gibt keinen Mann, der vor einer Einladung aufgeregt aufschreit: ‚Himmel, ich habe absolut nichts anzuziehen!' Dafür gibt es aber nur wenige Frauen, die den Ehrgeiz entwickeln, an ihrem Arbeitsplatz die wichtigste Person zu sein, allerdings gewiß auch keinen Mann, der stolz behaupten würde, die hübschesten Beine im ganzen Betrieb zu haben.

Keine Frau würde nach einem Familienkrach in den Hungerstreik treten. Und kein Mann würde in dem gleichen Fall zu seiner Mutter zurückkehren.

Man könnte noch unzählige derartige Beispiele aufzählen, trotzdem sollten wir Gerechtigkeit walten lassen:

In einem einzigen Punkt sind Frau und Mann sich stets einig: An jedem Übel ist immer nur der andere schuld!"

DIE GESUNDHEIT

Gott hat uns gegen jede Krankheit eine Arznei gegeben.

Paracelsus

„Metalle und Edelsteine haben einen großen Einfluß auf den menschlichen Körper. Sie können Krankheiten verursachen oder uns vor ihnen schützen. Auch Pflanzen besitzen bekanntlich heilende Kräfte, von denen man in der viel belächelten ‚*guten, alten Zeit*', weitaus mehr wußte als heute.

Kürzlich sammelte das Schweizer Fernsehen einige Ratschläge aus Großmutters Zeiten: Rezepte, die sich auch heute noch als wirksam erweisen:

Gegen nächtliche Krämpfe ein Stück Seife mit ins Bett nehmen.

Blut stillen, indem man ein Zigarettenpapier auf die Wunde legt.

Den Schluckauf mit einem in Essig getauchten Stück Zucker bekämpfen.

Vor Einnahme einer schlecht schmeckenden Medizin ein wenig Speiseeis im Mund zergehen lassen.

Gewürznelken auf den schmerzenden Zahn legen.

Wasserkuren gegen Nervosität und Migräneanfälle: Bei Nervosität die Ellbogen in kaltes Wasser und bei Kopfschmerzen die Handgelenke in heißes Wasser legen.

Als Kuriosum noch zwei Ratschläge:

Bei Nasenbluten die eine Hand wie einen Rollbraten mit Spagat umwickeln.

Bei Seekrankheit ein Büschel frische Petersilie direkt auf den Magen legen.

Die französischen Forscher sind neuerdings sehr viel weniger mißtrauisch gegenüber den Naturheilmitteln, die unsere Großeltern anwendeten."

„Ich kann das nur bestätigen", sagte der Alte. „Ich habe selber im Nachlaß meines Großvaters einige derartige Ratschläge vorgefunden. Zum Beispiel: *Eduard erfuhr von seiner Großmutter, daß das beste Heilmittel gegen Magensäure ein Schluck Milch sei.*"

„Ja, es gibt da die seltsamsten Vorschriften:

Alle wichtigen Aufgaben bei zunehmendem Mond in Angriff nehmen!

Bei abnehmendem Mond sich nie operieren lassen!
Nicht einmal die Haare darf man sich bei abnehmenden Mond schneiden lassen, sonst bekommt man eine Glatze.

Es wäre auf jeden Fall klug, die Ratschläge zu überprüfen, wußte man doch z. B., lange bevor dies wissenschaftlich erwiesen wurde, daß sich in Meeresnähe die Kraft des Mondes als so wirksam erweise, daß Kranke am häufigsten am Montag (dem Tag des Mondes) sterben.

Einige Formen, Linien und hauptsächlich Farben üben langfristig angewandt eine starke Wirkung auf die menschliche Psyche aus. Sie können sowohl heilen, als auch krank machen.

Gelbe Strahlen üben die stärkste Wirkung auf die menschliche Seele aus. Die roten und grünen sind schon schwächer, und blau oder violett haben einen noch geringeren Einfluß. (Im Weiß sind alle Farben vereint, und schwarz verschluckt sie alle). Gelb und blau sind komplementäre Farben, die polar entgegengesetzt wirken. Der Unterschied zwischen ihnen ist also nicht nur ein optischer. Daher die Sympathie oder Antipathie der Menschen gegenüber gewissen Farben.

Es gibt leider noch kein Krankenhaus für seelische Krankheiten, in dem man versuchen würde, die Patienten mit Farben, Musik und Düften zu heilen. Cocteau forderte auch eine Kosmetik für die Seele. Ebenso wie seinen Körper sollte der Mensch auch seine Seele täglich reinigen und pflegen.

Ein mit mir befreundeter Arzt hat kürzlich eine Aufstellung über 2.683 verschiedene Krankheiten gemacht."

„Krankheiten zu zählen ist an und für sich schon eine Krankheit!"

„Die Wirkung von Medikamenten ist individuell sehr unterschiedlich.

Eine Frau soll sogar einmal an einem harmlosen Aspirin gestorben sein. Wozu man sagen muß, daß der Organismus der Frau überhaupt weit empfindlicher ist als der des Mannes.

Die Heilwirkung von Metallen wurde überhaupt noch nicht erprobt. Dabei soll schon das Tragen von Silbermedaillen bei Krebskranken heilende Effekte hervorgezaubert haben. Silber gilt als ein Abwehrmittel gegen Bakterien. Schon Paracelsus hat seinerzeit die magischen Kräfte der Medaillen zu ergründen versucht.

Alles Gute kommt vom Himmel und das Böse

aus den Tiefen der Erde, heißt es. Unterirdische Wasseradern sollen Krebs auslösen. Zu Anfang des Jahrhunderts meinte man noch, Krebs sei eine ansteckende Krankheit, weil jeweils ganze Familien davon befallen wurden, bis einmal nach dem Tode eines Familienmitgliedes das Bett, in dem er gestorben war, von der Stelle gerückt wurde. (Es hatte über einer unterirdischen Wasserader gestanden.) Ab diesem Zeitpunkt starb in dieser Familie und in diesem Bett niemand mehr an Krebs.

Katzen sollen sich gerne in der Nähe solcher Wasseradern aufhalten. Schwalben hingegen machen einen weiten Bogen darum.

In der Schweiz hält man Mäßigkeit und Frohsinn in ausgewogener Mischung für die besten Ärzte. Man soll fröhlich sein, aber auch in der Fröhlichkeit Maß halten. Zu wenig Lachen macht melancholisch, und wer immer lacht, macht sich zum Narren.

Über die Wirkungsweise chemischer Medikamente weiß man leider auch nur sehr ungenügend Bescheid. Professor Aschenbrenner mußte zugeben, daß Ärzte Medikamente verschreiben, über deren Wirkung sie sich keine absolute Klarheit verschaffen konnten (auch die Antibabypille gehört in diese Kategorie).

Wir leben im Zeitalter der Tabletten. Niemand ist bereit, nur den geringsten Schmerz zu ertragen. Vor dem ersten Weltkrieg hatten höchstens weißbärtige alte Männer und würdige alte Damen in schwarzen Spitzenkleidern Magentropfen auf dem Tisch stehen. Heute findet man kaum noch jemanden, sei er alt oder jung, der nicht regelmäßig irgendwelche Medikamente schluckt.

Tatsache ist, daß Frauen ein wesentlich höheres Durchschnittsalter erreichen als die Männer, und zwar deshalb, weil sie vernünftiger leben. Ihre Kleidung ist gesünder als die der Männer: leichte Schuhe, dünne Strümpfe, luftige Oberkleider. Die Arme bleiben unbedeckt, der Hals ebenfalls. Die Luft hat Zutritt zum Körper.

Die Männer hingegen tragen dicke Anzüge, Krawatten, Pullover, von der Herrenunterwäsche gar nicht zu reden. All das schwächt die Widerstandskraft des Körpers. Im Morgenland kennt man nicht einmal den Knopf, daher vielleicht die lange Lebensdauer der Leute zu Zeiten des Alten Testaments.

Im Meer wogt das Blut des Lebens, sagte H. Roland. Das Meerwasser enthält alle lebenswichtigen Elemente in der biologisch richtigen Mischung, ebenso auch Mineralien und organische Verbindungen wie Fermente, Hormone und Eiweißkörper, deren Art und Zahl zwar noch unbekannt ist, die aber eine bedeutende Rolle spielen.

Er schlug vor, Meerwasser in Flaschen zu füllen und zum Salzen der Speisen zu verwenden. Das sei eine natürliche Form der Mineralstoffzufuhr, wichtig für Nerven und Muskeln, für die Funktion der Hormondrüsen und viele andere Lebensvorgänge.

Wissenschaftler haben festgestellt, daß Menschen, die in der Nähe des Meeres wohnen und nur Meersalz benützen, kaum krebsanfällig sind.

Man müßte auch die Beziehung zwischen Charakter und Gesundheitszustand der Menschen untersuchen. Nervosität z. B. ist ein Übel, das auf eine Verkrampfung der Seele zurückzuführen ist.

Hingegen ist es bestimmt ein Ausdruck der Überheblichkeit, wenn Wissenschaftler in die göttliche Ordnung einzugreifen versuchen, indem sie Körperteile verpflanzen und dergleichen. Herztransplantationen und Retortenbabys erinnern an den Turmbau zu Babylon. Diesbezüglich heißt es in der Heiligen Schrift: *Zunichte machen werde ich die Weisheit der Weisen*."

„Es gibt 2976 Sprachen auf der Welt", warf der Alte ein. „Die meistgesprochenen sind, der Reihe nach aufgezählt, Chinesisch, Englisch und Spanisch." Er versäumt doch wirklich keine Gelegenheit, sein vielseitiges Wissen an den Mann zu bringen!

„Um eine Ehe durchzustehen, braucht man eiserne Nerven. Unsere Frauen stiften ja nichts als Unfrieden, und wenn wir Widerstand leisten, gibt es so etwas wie einen Vulkanausbruch. Eines ist sicher: Normale Menschen gibt es kaum noch. Es wird nicht nur aus Haß sondern auch aus Liebe getötet. Der eine bringt seine Frau um, weil er sie nicht mehr liebt, der andere, weil er zu sehr an ihr hängt.

Man schleudert schreiende Säuglinge gegen die Wand, weil sie stören. Ein Mann verlangte einen letzten Kuß von seiner von ihm getrennt lebenden Frau und biß ihr dabei die Zunge ab. Ein anderer erwürgte vor lauter Wut sein eigenes Kind, weil der Frühstückskaffee ihm zu kalt erschien und seine Frau ihm noch rechtzeitig aus dem Weg springen konnte. Wieder ein anderer schüttete seiner Frau die zu heiße Suppe ins Gesicht.

Auf dem Polizeirevier gestand ein bisher unbescholtener Ehemann, daß er schon seit Monaten gegen den unwiderstehlichen Drang angekämpft habe, seine Frau umzubringen, bevor er nun die Gelegenheit dazu ergriffen habe.

Ein junger Mann überfuhr auf dem Bürgersteig eine Schar junger Mädchen mit seinem Wagen und gab bei der Polizei an, daß er es restlos genossen habe, die Weiber einmal um ihr Leben rennen und wild kreischen zu sehen.

Zwei Priester gerieten in Streit miteinander, weil beide ein und dieselbe Totenmesse abhalten wollten. Da zog der eine ‚Hochwürden' den Revolver aus der Tasche seines Talars und erschoß kurzerhand seinen Amtskollegen. Nun hätte es zwei Totenmessen zu lesen gegeben, leider konnte jedoch keiner der Herren mehr davon profitieren.

Es gab sogar einen Verwegenen, der mit einer Ladung Dynamit ein Flugzeug bestieg, in der Absicht, dasselbe samt Passagieren und Besatzung in die Luft zu sprengen, nur um als guter Hausvater mit dem Versicherungsgeld seine Familie versorgt zu wissen.

Das alles waren Menschen mit untadeligem Vorleben. Auch mordende Kinder sind ja leider an der Tagesordnung: ein elfjähriger Bub als Sittlichkeitsverbrecher ist allerdings doch eher bemerkenswert: Er hatte ein kleines Mädchen gezwungen, sich nackt auszuziehen, um es – wie er sagte – ein wenig herumzuschubsen. Dann warf er es in den Bach und hinderte es kaltblütig daran, herauszukommen."

„Wenn die aufgestaute Nervosität derartige Blüten treibt, wäre es weiß Gott angebracht, einen Notausgang für sie zu finden.

Gewiß, die Arbeit beruhigt, doch ist ein gewisses Quantum Ruhe unerläßlich, um die Arbeitsfreudigkeit aufrecht zu erhalten. Vielleicht wäre es zweckmäßig, wenn jeder Betrieb einen mit allem möglichen Geschirr ausgestatteten Raum einrichten könnte, das die Arbeiterinnen dort nach Belieben zertrümmern dürfen, um so ihre Aggressionen loszuwerden.

Für die männlichen Angestellten könnte man allerlei Puppenköpfe aufstellen: Schwiegermütter, Ehefrauen und sogar Kinder in Lebensgröße, vielleicht auch noch Verkehrspolizisten und Steuerbeamte in verschiedenen Ausführungen. Arbeitslosen müßte man einen mit Regierungsmitgliedern bestückten Abreaktionsraum bei freiem Eintritt zur Verfügung stellen. (Nachdem ich diese Sätze bereits niedergeschrieben hatte, erfuhr ich, daß es in Japan einen solchen Abreaktionsraum bereits gibt, der allerdings nur mit den Gipsköpfen der Chefs ausgestattet ist).

Eine weitere Krankheitsursache ist das Rauchen. Wie könnte man dieses Laster eindämmen? Nichts ist wirklich schädlich, wenn man Maß hält. Tja, Charakter sollte man haben!

Möchte aber jemand absolut nicht auf das Rauchen verzichten, dann sollte er sich wenigstens an einige Anweisungen halten: Niemals im liegenden Zustand rauchen! Eine ganz zu Ende gerauchte Zigarette ist schädlicher als fünf, die man nur bis zur Hälfte konsumiert hat.

Ein ungarischer Aristokrat ohne Geldsorgen rauchte täglich hundert Zigaretten. Aber er nahm immer nur den ersten Zug, dann drückte er sie aus.

Andere Leute beschließen, nur bis zum Mittagessen zu rauchen, den Rest des Tages nicht mehr. Solche Einschränkungen steigern übrigens den Genuß.

Leider rauchen immer mehr Frauen, um schlank zu bleiben. Aber sie rauchen meist auf die gefährlichste Art, nämlich bis zum Stummel, obwohl die Zigarette auch das Aroma im letzten Drittel völlig verliert.

Es ist nicht schwer, sich das Rauchen abzugewöhnen, ich selbst habe es schon einige Male fertiggebracht, sagte Mark Twain.

Migräne ist ein typisches Frauenleiden. Ihre Ursache ist meist in seelischen Ängsten zu suchen, deshalb würde die Kranke nur Liebe und Frieden benötigen, nicht aber Medikamente.

Das Leben ist ein ständiger Wettlauf mit der Angst.

We have nothing to fear but fear itself. Ein berühmter Ausspruch von Roosevelt, der sich auf die damalige Finanzkrise in den USA bezog. Eigentlich aber stammt er von Shakespeare: *Es ist die Angst, die mir Angst macht.*

Männer rauchen viel weniger, aber sie trinken dafür umso mehr. Der Kettenraucher gefährdet nur sich selbst, während ein Trinker auch eine Gefahr für seine Umwelt darstellt. Doch es ist unheimlich schwer, sich das Trinken abzugewöhnen.

Professor von Bunge schrieb in seinem Buch *Die Alkoholfrage* folgendes: ‚Die Menschen trinken, wenn sie einander wiedersehen, sie trinken zur Appetitanregung, sie trinken zum Abschied und gegen den Hunger. Sie trinken, weil es draußen kalt oder, weil ihnen zu warm ist. Sie trinken, um sich wach zu halten, aber auch, um einschlafen zu können. Sie trinken, ob sie traurig oder fröhlich sind. Bei Taufen wie auch bei Beerdigungen wird zum Glas gegriffen. Das geht so lange, bis man sich vollkommen ruiniert hat und zu jeder Schandtat bereit ist.‘

Ähnlich verhält es sich mit den Schlaftabletten. Auch von ihnen kommt man nur schwer wieder lós. Zudem gewöhnt sich der Körper daran, so daß man immer höhere Dosen braucht. Mit einer Überdosis Schlafpulver hat sich schon so mancher ein Visum ins Jenseits verschafft.

Allein von der Dosierung hängt es ab, ob ein Medikament als Heilmittel oder als Gift wirkt. Vorsichtshalber sollte man also so wenig Medikamente wie möglich schlucken. Logau meinte es gut, als er sagte:

Wenn ein Kranker wird gesund,
Ist es Gottes Gabe.
Doch die Rechnung schreibt der Arzt,
Daß er auch was habe.

Ein Leben ohne Frauen wäre gewiß unerträglich und äußerst ungesund. Wir würden sie ebenso vermissen wie die Musik, die uns sanft in den Schlaf zu wiegen vermag. Sie ist, wie schon Shakespeare erkannte, die Nahrung der Seele.“

„Pardon“, unterbrach mich der Alte, „das behauptete er aber in bezug auf die Liebe.“

„Frauen und Musik gehören immer zusammen. Die Musik spielt im Leben der meisten Frauen eine bedeutende Rolle. Im Orient hat man das schon früh erkannt und in den Hochzeitsnächten ergiebig Gebrauch davon gemacht.“

„Frauen sollten sich immer mit einem Duftschleier umgeben. Der Orientale sah in den Blumen das Brot der Seele und betrachtete die Frau als die schönste aller Blumen, um deren Körper immer eine Duftwolke schweben sollte.“

„Die schon lange erahnte Beziehung der Blumen zur Musik konnten jetzt endlich durch die Forschungen von Professor Teidger experimentell belegt werden, indem er einwandfrei den Beweis erbrachte, daß Blumen in einem Musikzimmer weitaus besser gedeihen. Bei den Klängen einer klassischen Symphonie erblühen die Rosen, und während eines längeren Konzertes öffnen und schließen sich ihre Blätter mehrmals, während dilettantische Klavierübungen, aber auch Rockmusik den Welkungsprozeß einleiten.

Die Rolle des Geruchssinns strich Professor Galopin besonders hervor, indem er die Frauen davor warnte, vor einem Liebes-Rendezvous zu weinen, da andernfalls eine Art Mäusegeruch von ihnen ausginge. Und von dem spanischen Kardinal Giulio Alberoni, der im Alter völlig erblindete, weiß man, daß er junge Frauen von alten Damen mittels seines Geruchssinns zu unterscheiden vermochte.“

„Wiesen und Wälder sind den Menschen zur Erholung ebenso wichtig wie Luft, Sonne und Wasser. Leider verschlingen die Städte langsam den größten Teil der unversehrten Natur. Und die Ferien bedeuten oft nicht mehr als der berühmte Tropfen auf dem heißen Stein.

Als Ersatzmöglichkeiten bieten sich zur Entspannung Theater, Kino, Radio, Sport und vor allem das Fernsehen an. Gemäß statistischer Angaben aus

Amerika sollen gute Fernsehprogramme das Scheitern von Ehen verhindern, da die Ehepartner während eines spannenden Unterhaltungsprogrammes zum Streiten keine Zeit hätten. Und man kann ja nie voraussagen, bis wohin ein häuslicher Streit sich ausweitet.

In Krminalfilmen sterben stellvertretend unzählige Menschen auf der Leinwand, um die Rachsucht der Zuschauer zu befriedigen. Auch vor Kindern wird natürlich nicht haltgemacht, so daß ein vierjähriger Bub, dem man kürzlich mitteilte, daß sein Großvater gestorben sei, sich unbekümmert erkundigte:

‚Wer hat ihn abgeknallt?'

Und diese wunderbaren Programme werden in Amerika in reicher Auswahl Tag und Nacht ausgestrahlt. Man hört nicht selten die bittere Klage: ‚Heute habe ich es wieder einmal nicht geschafft, nach einem ermüdenden Arbeitstag ins Bett zu kommen. Ein Fernsehkrimi hat mich bis zum frühen Morgen an den Bildschirm gefesselt. Ich wünschte, ich wäre fähig, den Apparat abends gar nicht erst einzuschalten!'"

„Professor Montague erkannte, daß sowohl die physische als auch die seelische Widerstandsfähigkeit der Frauen weit größer ist als die der Männer. Müßten Männer die Geburtswehen durchstehen, wäre die Menschheit längst ausgestorben.

Frauen sind leichter zum Lachen oder zum Weinen zu bringen als Männer. Es erhält ihr seelisches Gleichgewicht. Sicher wäre es ratsam, wenn auch die Männer zeitweise versuchen würden, sich auszuweinen. Es würde in vielen Fällen auch ihnen große Erleichterung verschaffen. Leider aber tun sie das nicht."

„Es gibt aber doch auch Fälle, wo Männer in Tränen ausbrechen", unterbrach mich der Alte. „Ich erinnere mich sehr wohl daran, wie ich selbst einmal die Tränen nicht verbergen konnte, als meine Frau mich bei einem Seitensprung ertappte. Sie hatte gottlob, keine Ahnung, daß mir dabei meine Brieftasche abhanden gekommen war. Es war dieser Verlust, der mich zu Tränen rührte und meine Frau vergab mir den Seitensprung. Wollen Sie noch eine wahre Begebenheit hören?"

„Meinetwegen!"

„Ein guter Freund brachte einmal seine Frau durch Tränen völlig aus der Fassung . . ."

„Hoffentlich ging es nicht auch da um einen Seitensprung?"

„Nein! Seine Geliebte hatte ihn betrogen, und er schluchzte so herzzerreißend, daß seine Frau ihn mit 50 Franken Taschengeld zu trösten versuchte. Am nächsten Tag fragte sie ihn dann besorgt: ‚Liebling, hast du dich schon etwas beruhigt?'

‚Ja.'

‚Dann gib mir die 50 Franken zurück.'

Bei Frauen ist das Weinen wie das Lachen in Wirklichkeit ohne jede Bedeutung. Sie können Tränen des Schmerzes oder der Freude produzieren, wann immer sie wollen. Und sie tun es auch, wenn sie sich anders nicht mehr verteidigen können. Es geht dabei auch nicht darum, daß sie etwas bedauern, sondern sie weinen über ihre eigene Hilflosigkeit.

Was kann der Schöpfer lieber sehen als ein fröhliches Geschöpf, sagte Lessing, und sicher hatte

Keyserling nicht unrecht, wenn er auch bei Gott einen *keen sense of humor* voraussetzte. Ein Abglanz dieses göttlichen Lachens ist eben das, was man in Ungarn unter Witz versteht."

„Kant zufolge geht es beim Humor immer um unvereinbare Gegensätze. Aber nicht jeder Gegensatz ist komisch.

Ich las kürzlich über einen Einbrecher, der eine alte Dame nachts in ihrer Wohnung ausraubte. Bevor er sie verließ, küßte er sie zärtlich und fügte erklärend hinzu: ‚Weil Sie meiner Mutter so ähnlich sind!'

Als ich mich neuerlich bei einem Postbeamten erkundigte, wieviel Porto ich auf eine Postsendung kleben müsse, gab er mir die erstaunliche Auskunft:

‚50 Rappen, aber Sie können auch nur 30 draufkleben.'

‚Und was ist der Unterschied?' fragte ich neugierig.

‚Mit 30 Rappen wird die Sendung nicht zugestellt.'

Lachen ist gesund und wirkt sich auf Gehirn, Lunge, Herz Magen und Kreislauf wohltuend aus. Chamfort sagte: *Die Tage, an denen du nicht gelacht hast, waren verlorene Tage*.

Man sagt auch: *Without a song a day should never end*: Kein Tag ohne Lied.

„Meiner Meinung nach wird ohnedies schon viel zu viel gesungen. Coleridge bemerkte einmal sehr treffend: *Die Schwäne singen, bevor sie sterben. Einige Sänger würden gut daran tun, zu sterben, bevor sie singen*."

„Das Lachen ist ein Lebenselexier, man sollte

sich manchmal sogar dazu zwingen, und wenn es gar nicht gelingen will, können wir ja noch unsere Frauen bitten, uns an den Fußsohlen zu kitzeln."

Lachen macht gesund, das Alter macht krank. Aber nur ein kranker Mensch kann geheilt werden.

DAS KIND

Ihr habt in euren Frauen und Kindern einen Feind.

Koran

„Alles in mir sträubt sich gegen Ihr Zitat aus dem Koran!"

„Ich weiß selbst nicht genau, wieviele Kinder der Prophet Mohammed hatte. Als fünfundzwanzigjähriger heiratete er die vierzigjährige reiche Witwe Chadidja, die ihm sechs Kinder schenkte. Aber damit gab er sich nicht zufrieden. Er hatte nämlich insgesamt neun Frauen. Scheinbar erkannte er selbst, daß er sich ein wenig übernommen hatte. Darum schrieb er im Koran seinen Gläubigen vor, sich mit vier Frauen zu begnügen. So wird sein Vorurteil gegen Frauen und Kinder ein wenig verständlicher."

„Mohammed Ibn Abdallah, der Stifter des Islam, hatte die Ausrottung des Judentums wie auch der Christenheit auf seine Fahnen geschrieben. Er behauptete unter anderem, von Gott erfahren zu haben, daß nicht Christus, sondern nur ein Phantom am Kreuze gestorben sei.

Für einen Ungarn ist schon das Wort *Islam* schwer zu verdauen, eingedenk der 150 Jahre grausamer türkischer Herrschaft über das Land. Es wurde geplündert, gemordet und vergewaltigt, kleine Kinder wurden verschleppt, um später, zu Janitscharen ausgebildet, gegen ihre eigenen Landsleute zu kämpfen."

„Aber lassen wir dieses Thema. Wir wollten doch allgemein über das Kind sprechen. Wie steht es also mit der Kindererziehung?

Kinder werden nicht erzogen, man läßt sie nur heranwachsen, sagte Bell.

Wie rührend empfindsam war doch früher die Seele eines Kindes! Wenn beispielsweise ein vierjähriger Junge mit seiner dreijährigen Schwester der Köchin atemlos zusah, wie sie einem Hühnchen den Hals umdrehte und aus dem noch zuckenden Körper das Blut ausfließen ließ. Als die Köchin sich dann einer anderen Arbeit zuwenden mußte, ergriffen die Kinder das Tierchen, brachten es in den Garten und begruben es dort. Aus zwei Ästen verfertigten sie ein kleines Kreuz und beteten für die Seele des armen Hühnchens."

„Heutzutage stellen schon fünfzehnjährige Mädchen den Männern nach."

„Das kommt von den desolaten Familienverhältnissen. Die Eltern, die einander verlassen, machen sich keinen Begriff davon, was sie ihren Kindern damit antun. Eines Tages kommt dann ein Polizist ins Haus und die Mutter stöhnt verzweifelt: ‚Das hätte ich nie für möglich gehalten!"

„Ohne Vater ist es für eine Mutter sehr schwer, Kinder zu erziehen, denn dazu braucht es Verstand, und die Mutter denkt nur mit dem Herzen."

„Dr. Benjamin Spock war ein liebenswerter, gutmütiger Mensch und so voll Illusionen, wie es nur ein Amerikaner sein kann. Ihm schnitt es ins Herz, wenn Eltern ihre Kinder verprügelten. Er wollte dem Abhilfe schaffen und schrieb ein Buch mit dem Titel *Baby and child care,* das, in 24 Sprachen übersetzt, in etwa 30 Millionen Exemplaren die ganze Welt überflutete.

Einige Jahre später widerrief er öffentlich seine Thesen und entschuldigte sich. Zu spät: Nach seinen Anweisungen durften Millionen und Abermillionen von Kindern ungestraft tun, was ihnen einfiel. Die Lehrer durften die Kinder nicht mehr anrühren, stattdessen verprügelten die Kinder ihre Lehrer. Es kam zu Betrug, Diebstahl und Raubüberfällen, sogar zu Mordtaten. Die Mädchen bildeten dabei durchaus keine Ausnahmen, sondern machten überall fleißig mit."

„Die beste Erziehungsmethode wäre das gute Beispiel der Eltern, aber dazu müßten sich die Eltern erst einmal selber erziehen. So besteht der einzige Nutzen der lieben Familie darin, daß die Kinder dort lernen können, wie man nicht sein soll.

Was die Jugend von heute zu Hause beobachten kann, ist nur ständiger Streit, Rücksichtslosigkeit und unverhüllte Selbstsucht. Man lügt und predigt Aufrichtigkeit, verlangt von anderen Pflichtbewußtsein, aber niemals von sich selbst, fordert Liebe, ohne Liebe zu geben. Es kommt auch nicht selten vor, daß die Seitensprünge des Vaters und das Vorleben der Mutter in Gegenwart der Kinder lang und breit diskutiert werden. So manches Familienleben ist für die Kinder eine wahre Hölle. Darum entfliehen oft schon fünfzehnjährige Mädchen aus dem Familienverband, um sich noch einige wenige Illusionen zu retten."

„Es ist bestimmt nicht erfreulich, wie die heutige Jugend sich aufführt, und die Kinder, die nach der Methode des Dr. Spock aufgewachsen sind, haben leider auch keine besseren Väter und Mütter abgegeben."

„Kinder müssen bestraft werden", meinte der Alte. „Ich denke oft mit Dankbarkeit an meinen Vater zurück, der mich einige Male ausgiebig verprügelt hat. So bin ich ein korrekter und anständiger Mensch geworden. Besser zuviel Strafe als zu wenig. Und auch wenn der Vater nicht weiß, wofür, das Kind weiß es bestimmt."

„Auf Parties, die in Amerika mit Einverständnis der Eltern veranstaltet werden, reiben sich schon die Vierzehnjährigen aneinander, tanzen barfuß auf dem Parkett und drücken sich, Zärtlichkeiten austauschend, in dunklen Ecken herum, jede mit jedem, der Reihe nach.

Kinsey, der das Buch *Die Sexualität der Frau* geschrieben hat, erklärte in seinem vielgelesenen Werk ständige Seitensprünge der Ehepartner für absolut notwendig. Er machte Schule, Familie und Kirche für die Frigidität der Frauen verantwortlich. Nach seiner Meinung ist die Moral der größte Feind einer glücklichen Ehe."

„Eine Schweinerei!"

„Kinseys wissenschaftliche Forschungen sind vollkommen wertlos, obwohl sie mit ungeheurer Präzision durchgeführt wurden. Dasselbe gilt für sämtliche Bücher über den Sex, die nur dazu beitragen, die Jugend zu verderben. Ihre Verfasser sind ebenso verbrecherisch wie die Rauschgifthändler."

„Neulich hörte ich ein zwölfjähriges Mädchen, die

Verkörperung der Unschuld, seine Mutter fragen: ‚Sag Mama, hast du den Papa schon mal betrogen?‘

Die sexuelle Erziehung der Mädchen müßte eigentlich so sein, daß die Jungen für ihre Zwecke einfach keine Partnerinnen finden.“

„Ein deutscher Familienvater kehrte müde von seiner Arbeit heim. Den ganzen Heimweg über freute er sich schon auf sein Eisbein mit Klößen, das ihm zum Abendessen versprochen worden war. (Von anderen Freuden im Familienkreis kann ja selten die Rede sein).

Doch statt eines gedeckten Tisches erwartete ihn seine totenblasse Ehefrau und sagte mit zitternder Stimme: ‚Hans, ich bitte dich, bleib ruhig!‘

‚Was ist los? Kein Eisbein mit Klößen?‘

‚Unser Kind ist Mutter geworden.‘

‚Um Gottes willen . . .‘

Der Mann mußte sich setzen. Die kleine Tochter war erst dreizehn. Er war überzeugt, sie müsse vergewaltigt worden sein, und man habe ihm das bis dahin einfach verschwiegen. Es stellte sich aber heraus, daß alles mit dem Einverständnis der Tochter passiert war, nur den Namen des Vaters wollte sie nicht preisgeben.

‚Raus mit dem Namen‘, schrie der Vater aufgebracht.

‚Immer mit der Ruhe, Papi.‘

Es kam schließlich zutage, daß die Tochter den Namen des Kindesvaters überhaupt nicht wußte.

Für Väter ist es leichter, Kinder zu kriegen, als für Kinder Väter zu finden, sagte einmal Papst Johannes XXIII.

Ein Psychiater meinte, einen weinenden Säugling

dürfe man nicht in den Armen wiegen, weil er sonst dumm werden könnte. Ein anderer wiederum sagte, wenn man ein weinendes Baby liegen lasse, würde sich dies nachteilig auf seinen Verstand auswirken. Welcher von ihnen war der größere Esel?"

„Beide. Ein ähnlich verrückter Kauz war der Psychologe Marey, der den Pferden vorschreiben wollte, wie sie richtig laufen sollten."

„Die erste Aufgabe der Eltern ist, den Kindern Gottesfurcht beizubringen, dann hat man später auch mit der Aufklärung weniger Mühe.

Wenn sich die Tochter dem Alter nähert, in dem die Dummheiten anfangen, sollte man rechtzeitig mit ihr reden, das heißt, solange sie noch nicht davongelaufen ist und noch zuhört.

‚Mein liebes Kind, du hast verlockende Formen, die einem ganz bestimmten Zweck dienen. Alles, was die Männer tun oder nicht tun, sei es gut oder böse, schön oder unschön, dreht sich immer nur um diese Rundungen. Ihretwegen werden die Männer verrückt und schmieden großartige Pläne, die gelingen oder auch nicht. Ihretwegen wird gestohlen, betrogen und gemordet. Sieh dich vor, mein Kind, damit du nicht auch verführt und geschädigt wirst. Wenn du aber gehen willst, dann geh, mein Liebes, denn du würdest mich auch dann verlassen, wenn ich versuchen würde, dich zurückzuhalten. So bleibt mir wenigstens die Erinnerung an ein gutes, gehorsames kleines Mädchen, das ich gewiß gerne noch eine Weile bei mir behalten hätte. Sollte es dir im Leben schlecht ergehen, so kannst du jederzeit zu mir zurückkommen, und ich werde dir helfen und dir zur Seite stehen.‘

Die wahre Gottesverehrung besteht darin, daß man nach Gottes Willen handelt, und das muß man auch seinen Kindern beibringen, sagte Kant."

FÜR EHEFRAUEN

Bei allem hilft der Verstand, nur an die Weiber kommen wir mit ihm nicht heran.

Talleyrand

„Um wichtige Ratschläge zu erteilen, sollte man sich vernünftigerweise an die bewährte Ordnung der zehn Gebote halten", begann der Alte. „Sie werden überrascht sein, wie objektiv und freundlich ich die Frauen dabei behandeln werde (ganz im Gegensatz zu Ihrem Motto):

1.

Betrüge niemals deinen Mann.
Auch nicht, um dich zu rächen, denn wenn du das jedesmal tun wolltest, würde dich bald nichts mehr von einem Straßenmädchen unterscheiden. Tröste dich mit den Worten Lanza del Vastos: *Nur ein treuloser Mann kann seine Frau wirklich glücklich machen!*

Der Grund: Ein untreuer Mann hat normalerweise Gewissensbisse und wendet seiner Frau schon deshalb ein erhöhtes Maß an Aufmerksamkeit zu. Aber auch wenn das Verlangen deines Mannes nach deinem Körper nachgelassen hat, bedeutet das nicht, daß er dich nicht mehr liebt.

2.

Erhalte dir deine gute Laune, um nicht endgültig zu versauern.

Gönne deinem Mann ein wenig Lebensfreude! Gib dich zufrieden mit dem Einkommen deines Mannes. Es ist ohnedies überflüssig, ihn ständig daran zu erinnern. Finde für ihn von Zeit zu Zeit ein paar gute Worte und beklage dich nicht ohne Unterlaß. Denke an Madame de Stael, die einmal sagte: *Unzufrieden zu sein mit sich selbst ist eine Schwäche, mit sich zufrieden zu sein, eine Dummheit.*

3.

Vergleiche deinen Ehemann nie mit anderen Männern!

Die sind auch nicht besser, und du kannst es auch gar nicht beurteilen, denn du bist mit ihnen nicht verheiratet. Wie willst du wissen, ob du mit ihnen glücklicher wärest?

Bilde dir nicht gleich ein, daß dein Mann dich nicht mehr mag, wenn er einmal nicht bemerkt, daß du eine neue Frisur hast. Der Mann nimmt nur das wahr, worauf man ihn ausdrücklich aufmerksam macht, es sei denn, daß es sich um Dinge handelt, die ihm förmlich in die Augen springen: Sehr klein, sehr groß, sehr dick oder sehr mager. Den Unterschied zwischen hell und dunkel bemerkt er gerade noch, er weiß, ob jemand blond oder schwarz ist. Was für ein Kleid du trägst, registriert er dagegen gar nicht.

Liebe deinen Mann, wie er ist. Man kann nur den

eigenen Charakter ändern, niemals den anderer Menschen.

4.

Du sollst immer ein wenig verstecktes Geld in Reserve haben.

Du darfst dich auch freuen, wenn du etwas vom Haushaltsgeld ersparen konntest. Verstecke es in deinem Gebetbuch, dort wird es dein Mann bestimmt niemals finden, ein Gebetbuch rührt er nicht an.

Teile dir am besten dein Haushaltsgeld am Anfang des Monats im voraus ein, indem du es auf verschiedene Briefumschläge verteilst. So bewahrst du am besten die Übersicht und kannst manchmal für dich etwas abzweigen.

Vergiß nicht, meine Liebe, in der Ehe wird das Geld und nicht der Mensch geliebt!

5.

Hüte dich davor, immer recht haben zu wollen und alles besser zu wissen.

Hüte dich vor Freundinnen, die dir immer recht geben. Es können niemals wahre Freundinnen sein.

Einen Mann zu halten ist nicht so schwer, wie die Frauen immer annehmen. Ich rede natürlich von seiner Anwesenheit, nicht von seiner Treue.

Die häßlichsten Streitigkeiten entstehen, wenn du ihm ständig deinen Willen aufzuzwingen versuchst. Wozu soll das gut sein? Alles, was du damit erreichen kannst, ist, daß er zwar vorläufig alles schluckt, dich aber eines Tages sitzen läßt. Und es fragt sich, was leichter zu ertragen ist: Alleine zu bleiben oder manchmal kleine Ungerechtigkeiten hinzunehmen?

Die einfachste Sache der Welt ist es, bei deinem Mann etwas durchzusetzen, wenn du ihm sagst: ‚Liebling, du hast immer recht. Wir machen es genau so, wie du es für richtig hältst.‘

Dann sage ihm, was du durchsetzen wolltest, als hätte er es vorgeschlagen. Er wird einverstanden sein, auch wenn er genau weiß, daß er so etwas nie gesagt hat. Er ersieht daraus nur, daß du seine liebe, folgsame Gattin bist.

Es ist leichter, mit einer Frau zusammenzuleben, die einen dauernd betrügt, als mit einer, die ständig streitet. Dauernde Auseinandersetzungen sind nicht auszuhalten. Versuche einmal, so sanft und freundlich zu sein wie damals, als er sich in dich verliebte.

Komme deinem Mann nie mit den Worten: ‚Ich habe dir schon x-mal gesagt ...‘ oder: ‚Wenn du nur auf mich gehört hättest ...‘

Der größte Dummkopf, weil er auf seine Frau hörte, war seinerzeit Adam. Und seinetwegen ist unsere Welt geworden, was sie heute ist.

Zwei Dinge kann ein Mann auf keinen Fall vertragen: Erstens ständige Kritik, zweitens wenn man ihm nicht zuhört. Er kann eine Frau ein Leben lang nur dann ertragen, wenn sie ihm immer recht gibt.

6.

Triff keine einsamen Entscheidungen!

Versuche nicht, dich als Diktator aufzuspielen.

Du gehörst deinem Mann mit Leib und Seele und bist ihm Gehorsam schuldig. Das hast du ihm vor dem Altar geschworen.

Ein glückliches Zusammenleben beruht auf der Weiblichkeit der Frau und der Männlichkeit des Mannes. Damit mußt du dich abfinden. In der Ehe befiehlt der Mann, und die Frau hält den Mund.

Gott der Herr, der Euch beide geschaffen hat, wollte, daß der Mann die Welt beherrsche und nicht die Frau.

7.

Mach deine Ehe nicht zu einem Kerker, in dem du die Rolle des Gefängniswärters zu spielen gedenkst.

Natürlich will kein Ehemann, der schon geraume Zeit verheiratet ist, ewig bei seiner Frau herumsitzen. Darum versucht er an gewissen Tagen, sich von ihr frei zu machen, um z. B. in einer Kneipe andere verheiratete Männer zu treffen. Das erfrischt und beruhigt die Gemüter. So eine zeitweilige Trennung tut schon deshalb gut, weil sie hilft, den nötigen Abstand zu gewinnen. Trachte darum, deinen Mann zu solchen Zusammenkünften nicht zu begleiten, denn *erstens* kostet es das Doppelte, *zweitens* ist dein Platz nicht in der Kneipe, wo du dich gewiß auch gar nicht wohlfühlen wirst, und *drittens* werden die Freunde deines Mannes ihn für einen Pantoffelhelden halten und sich über ihn lustig machen. Dafür kann sich kein Mann begeistern.

Fördere auch keine allzu nahe Bindung zwischen deinen Freundinnen und deinem Mann. Das könnte leicht schiefgehen.

Laß deine schlechte Laune nie an deinem heimkehrenden Mann aus, sondern sei froh, daß er überhaupt den Heimweg gefunden hat.

8.

Kleide dich zuhause nicht schlampig, damit deine Anziehungskraft nicht allzu schnell schwindet. Mach dich schön für deinen Mann, genauso, wie du es für Fremde tun würdest. Versuch den Eindruck einer sauberen, frischen und wohlgelaunten Gefährtin zu erwecken.

9.

Geh mit deiner Nacktheit sparsam um.

Zeige dich deinem Mann nur dann nackt, wenn du dich ihm hingeben willst. Und schlafe auch nicht dauernd im gleichen Bett mit ihm. Nach einigen Jahren – die Anzahl ist individuell verschieden – wird sich dein Mann unweigerlich immer seltener nach deinem Körper sehnen. Es kann sogar sein, daß er die körperliche Beziehung völlig aufgibt. Er ist ihrer einfach überdrüssig geworden wie einer Lieblingsspeise, die man Tag für Tag vorgesetzt bekommen hat. Hier ist kaum mehr etwas rückgängig zu machen.

Erweise dich dann als gute Christin, mache ihm keinen Krach, auch wenn du weißt, daß er von seiner Geliebten heimkehrt. Finde dich damit ab, daß dein Mann anderswo sexuelle Befriedigung sucht. Tröste dich mit dem Gedanken, daß er dich nur nicht verlieren will, wenn er dir die lächerlichsten Lügen auftischt. Erst, wenn er einmal aufhört, Lügen zu erfinden, mußt du darauf gefaßt sein, daß er dich eines Tages verlassen könnte.

10.

Sei immer sanft und gütig,

so wie Gott dich geschaffen hat. Täusche deinem Mann am Anfang Eures Zusammenlebens nichts vor, was du später nicht aufrechterhalten kannst. Sei immer gleichmäßig friedlich und frohgemut, so daß sich dein Mann freuen kann, heimzukommen.

Bemühe dich auch um eine gute Beziehung zu seiner Mutter. Höre dir ihre Ratschläge, was eure Ehe betrifft, geduldig an, aber befolge keinen von ihnen.

Befolge lieber meinen guten Rat und triff mit deinem Mann bei passender Gelegenheit folgende Vereinbarung: ‚Machen wir ab, Liebling, daß jeder von uns sich auf den Besuch der Mutter des anderen von Herzen zu freuen versucht. Heute bist du an der Reihe.'

Dann gib ihm ein reichliches Taschengeld, damit er sich während dieser Zeit (eventuell in einer Kneipe) mit guten Freunden von Herzen wohlfühlen kann. Dein Mann wird sich gerne einverstanden erklären und den nächsten Besuch deiner lieben Mutter kaum erwarten können.

Ich hatte einen guten Bekannten, der alles erdenkliche versuchte, um mit seiner Schwiegermutter auszukommen. Vergebens! Sie war eine Mimosennatur und schon beleidigt, wenn man sie nicht pausenlos anlächelte. Dieser Mann hatte einen guten

Freund, der von Beruf Polizist war und sich mit demselben Problem herumzuschlagen hatte, weshalb er alles Verständnis für dessen Lage hatte. Die beiden trafen folgende Abmachung: Sowie die Schwiegermutter ihren Besuch in Aussicht stellte, meldete der geplagte Ehemann dies seinem Freund, dem Polizisten, welcher dann rechtzeitig erschien und ihn abführte. Einmal hieß es, er hätte versäumt, als Zeuge eines Verkehrsunfalls vor Gericht zu erscheinen, ein andermal ging es um seinen falsch geparkten Wagen, der abgeschleppt werden mußte . . .

So menschenfreundliche Begebenheiten kann man nur in Paris erleben."

FÜR EHEMÄNNER

Es gibt nichts Schöneres, als wenn man sein Unrecht einsieht.

Fénelon

„Und jetzt sind Sie an der Reihe", sagte der Alte. „Ich werde ebenfalls versuchen, objektiv zu sein. Ich habe durchaus nicht im Sinn, die Männer als Engel darzustellen, sondern ich will nur versuchen, ihnen das *große Unglück* zu ersparen.

Hier wären also meine Ratschläge für den Mann, der die Dornenkrone der Schöpfung darstellt:

1.

Betrüge deine Frau, wenn es sein muß, aber sei zärtlich zu ihr.

Nach einigen Jahren des Zusammenlebens wird der Mann seine Frau betrügen. Tja, das muß sie in Kauf nehmen: Das ist nicht zu ändern!

Man darf um Himmelswillen keine undurchführbaren Ratschläge erteilen. Das wirkt nur überheblich, wie die Vorschriften der Heiligen. Wer jedoch seine Seitensprünge seiner Frau gegenüber nicht standhaft leugnet, benimmt sich wie der letzte Schuft.

Vor tausend Jahren lebte ein Mann durchschnittlich 20 Jahre. Damals war es noch möglich, seiner Frau treu zu sein. Aber heute?"

Der Alte grinste belustigt.

„Es gibt trotzdem noch anständige Männer. In einer österreichischen Zeitung las ich kürzlich eine Heiratsanzeige, worin ein Mann seiner zukünftigen Ehefrau ehrliche Treue versprach (man hatte ihm im Krieg das gewisse ‚Etwas' arg beschädigt).

2.

Bleibe, wie du früher warst.

Enttäusche deine Frau nicht, indem du immer mehr schlechte Gewohnheiten annimmst. Verhalte dich möglichst so wie einstmals, als du sie zum ersten Male sahst und mit klopfendem Herzen ihre kleine Hand in der deinen hieltest. Verschönere und vertiefe deine Liebe, damit sie nicht zur Gewohnheit wird und langsam verwelkt.

Zuvorkommenheit und Höflichkeit üben eine starke Wirkung auf unsere Frauen aus. Sie ertragen eher Untreue als Unhöflichkeit und schlechtes Benehmen.

Sei immer zärtlich und aufmerksam. Man verliert die Liebe seiner Frau meistens aus Mangel an Zärtlichkeit. Vergiß das nicht, denn das verlorene Herz einer Frau kann man nie mehr zurückerobern.

3.

Du sollst immer geheimes Geld in Reserve haben.

In Ungarn sagt man: *Ein Gentleman ist nie in Eile, wundert sich über nichts und verrät niemals seiner Frau die wirkliche Höhe seines Einkommens.*

Wenn du nicht sicher bist, ob du das fertigbringst,

dann denke rechtzeitig daran, dir eine gewisse Summe auf die hohe Kante zu legen. Das ist sozusagen dein Notgroschen für die kargen Zeiten in der Ehe, nachdem die ‚große Begeisterung' deiner Frau vorüber ist. Dieser Zeitpunkt kommt so sicher wie der Tod!

Dein privates Sparbuch steckst du am besten in ein Lexikon. Dort wird deine Frau es niemals suchen.

4.

Ein fremdartiges Wesen soll deine Frau für dich sein.

Behandle deine Frau mindestens so gut wie jede der zahlreichen Damen, denen gegenüber du selbst dann höflich bleibst, wenn du sie vermutlich nie mehr wiedersehen wirst.

Bilde dir nicht ein, daß du dich an deinen freien Tagen nicht zu rasieren brauchst. Deine Frau hat schließlich kein Stachelschwein geheiratet.

Du mußt dir vor Augen halten, daß jede Schwiegermutter einmal ein süßes kleines Mädchen war, das dann zur enttäuschten Ehefrau wurde, die nur noch für ihre Kinder lebte und ihnen zuliebe vor keinem Opfer zurückschreckte. Nur selten haben sie nach deren Verehelichung den Kampf um ihre Kinder aufgegeben, daher ihre Unbeliebtheit.

5.

Laß deine Frau ausreden und unterbrich sie nicht.

Vergiß nicht, daß die Frauen immer das letzte Wort haben müssen. Um deiner Seelenruhe willen gewöhne dich daran. Es macht deine Frau glücklicher als manche Schäferstunde.

Frauen reden gerne und viel. Laß sie reden. Eine Frau, die zu Hause angehört wird, muß nicht anderwärts Menschen suchen, um ihre Redelust zu befriedigen. Es gibt für sie nichts Ärgeres, als wenn du sie nicht ausreden läßt. So etwas beleidigt sie mehr als eine Ohrfeige.

Du mußt dich daran gewöhnen, daß deine Frau, wenn sie von dir etwas will, es dir nie kurz und einfach mitteilen wird. Frauen lieben Einleitungen: ‚Wenn Du mir einen Gefallen tun willst . . . Wenn du mich noch ein wenig liebst . . . Wenn du nicht willst, daß ich zusammenbreche . . .‘

Du solltest mit deiner Frau so wenig wie möglich debattieren. Suche nicht nach Logik. Du wirst sie nicht finden. Noch nie konnte ein Ehemann seine Gattin von irgend etwas überzeugen, selbst dann nicht, wenn sie scheinbar zustimmte. Kämpfe also nicht dort, wo du keine Chance hast.

Im Falle von Streitigkeiten sei immer du der erste, der zur Versöhnung bereit ist.

Äußere keine Meinung in Modeangelegenheiten. Davon verstehst du nichts. Es genügt für dich zu wissen, daß jede Frau von einem inneren Zwang dazu getrieben wird, sich alles auf den Kopf zu setzen, was neu ist.

In einem ungarischen Gedicht kritisierte ein Mann einen nachttopfähnlichen Hut auf dem Kopfe seiner Frau. Sie regte sich darüber dermaßen auf, daß sie der Schlag traf. Nach ihrem Tode erschien sie ihm Nacht für Nacht im Traum, mit dem nachttopfähnlichen Hut auf dem Kopf.

Es wird von dir erwartet, daß es dir auffällt, wenn deine Frau eine neue Frisur hat. Ein guter Ehemann sollte seinen Blick daher auf den Kopf seiner Gattin richten, wenn sie ihn irgendwie seltsam von der Seite anschaut.

Kritisiere niemals, was auf den Tisch kommt. Gerade jene Frauen, die am wenigsten vom Kochen verstehen, nehmen das am meisten übel. Beruf dich erst recht nicht auf die Kochkünste deiner Mutter. Frauen vertragen keine Überlegenheit.

Schon Platon sagte: *Eine Frau weiß nichts und weiß doch alles besser.*

Rege dich nicht auf, wenn deine Frau ihre Ansicht unentwegt ändert, wie es ihr gerade in den Kram paßt. Denke an Oscar Wilde, der sagte: *Konsequent kann nur ein Idiot sein.*

Sei also froh, daß du keine Idiotin zur Frau hast. Und vergiß auch nicht, daß es keinen Trottel gibt, von dem du nicht noch etwas lernen könntest (und sei es nur, daß du ihm nicht ähnlich werden darfst).

Die Wahrheit bedarf keiner lauten Töne. Eine erhobene Stimme ist ein Zeichen von Zorn. Wenn der Mensch unrecht hat, schreit er gewöhnlich, und wenn der andere ihn zu überschreien versucht, folgen die Wutausbrüche.

Wut ist nach Horaz nichts anderes als ein kurzfristiger Wahnsinn.

6.

Kaufe deiner Frau Kleider.

Hier gibt es keine Ausflüchte.

Wenn du deiner Frau aber wirklich nichts kaufen

kannst, so versprich ihr wenigstens, es bestimmt zu tun, sobald du dazu in der Lage bist. Wiederhole dieses Versprechen häufig und warte nicht erst, bis sie selbst das Thema aufgreift. *Wenn man etwas oft genug hört, glaubt man schließlich daran,* lautet ein Sprichwort der alten Römer.

Überrasche deine Frau von Zeit zu Zeit mit Sätzen wie zum Beispiel: ‚Liebling, wir wollen einmal darüber sprechen, was du dir von mir wünschst, sobald ich die Mittel dazu habe.'

Ob du beim Heimkommen eine frohe Miene aufsetzen mußt oder nicht, hängt ganz von dem Naturell deiner Frau ab. Sie könnte die gute Laune so auslegen, daß du den ganzen Tag ohne sie glücklich warst. Deine Mißstimmung wiederum könnte sie vermuten lassen, daß du ungern zu ihr nach Hause kommst. Daher ist es am besten, mit einem Versprechen heimzukommen: ‚Im Vorbeigehen habe ich in einem Schaufenster etwas ganz Entzückendes gesehen, das dir bestimmt Freude machen wird. Ich verrate nicht, was! Es soll eine Überraschung werden.'

Bringst du deinen Lohn nach Hause (möglichst nicht die vollzählige Summe), dann tröste sie: ‚Das Leben ist manchmal wirklich schwer, mein Schatz. Ich wäre so glücklich, wenn ich dir etwas Schönes kaufen könnte, aber im Moment ist es wirklich nicht drin. Sag mir, mein Liebes, was kann ich sonst für dich tun?'

Wenn du diese Ratschläge von Anfang an befolgt hast, so wird sie bestimmt niemals irgend etwas von dir verlangen.

‚Ich brauche doch nichts', wird sie mit einem

himmlischen Lächeln auf den Lippen antworten, ‚liebe mich nur weiter.'

Und du wirst sie weiter lieben.

7.

Rede nie mit deiner Frau über deine Probleme.

Schütte vor ihr auch nie dein Herz aus. Sie hält dich sonst für schwach und gewinnt die Oberhand.

Wenn eine Frau beginnt, Ratschläge zu erteilen, so findet das nie mehr ein Ende. Und wenn ihr Rat nichts taugt, wirst du daran schuld sein, weil sie nie eine Niederlage zugibt.

8.

Demütige deine Frau niemals.

Du sollst an deiner besseren Ehehälfte in Gegenwart anderer – und seien es auch die nächsten Verwandten – niemals Kritik üben. In Anwesenheit ihrer Mutter ist absolutes Stillschweigen zu bewahren. Deine Meinung geht sie nichts an.

Streitet euch nur, wenn ihr alleine seid. Hast du schlechte Laune, so lasse sie nicht an deiner Familie aus. Du hast schließlich nicht geheiratet, um einen Blitzableiter zu haben. Es ist entmutigend, einander zu Hause ständig auf die Nerven zu gehen! Frauen tanzen gern, und *Nur beim Tanz lassen sie sich führen,* behauptet der Schweizer. (Gemäß den Forschungsergebnissen des Biologen von Fritsch tanzen sogar die Bienen und geben einander damit zu verstehen, wo sich eine blühende Wiese befindet).

In Gesellschaft deiner Frau andere Weiber anzustarren ist sinnlos. Deine Gattin wird alles dransetzen, daß du die Dame niemals wiedersiehst. Außerdem darfst du nicht vergessen, daß es eine besondere Leidenschaft der Frauen ist, einer anderen den Mann auszuspannen, auch wenn sie mit ihm gar nichts anzufangen weiß. Mache dir also keine falschen Illusionen, wenn eine fremde Frau dich anlächelt. Es geht gar nicht um dich, sondern nur darum, deine Frau zu ärgern."

„Prima", sagte der Alte.

9.

Du sollst lernen, Deine Frau an dich zu binden.

„Führe keine allzu enge Freundschaft zwischen deiner Frau und deinem besten Freund herbei. Es könnte leicht schiefgehen.

Solltest du deiner Frau zu Zeiten der großen Verliebtheit nicht genügend vorgelogen haben, dann wird es Zeit, das jetzt nachzuholen.

Donnay sagte, *eine kluge Lüge sei mehr wert als eine dumme Wahrheit.* Trotzdem solltest du ihr auch ab und zu die Wahrheit sagen, dann glaubt sie dir eher, wenn du lügst.

Nimm Rücksicht auf die Unpäßlichkeiten deiner Frau. Behandle sie während solcher Zeiten liebevoll und schonend. Es handelt sich da um Naturgesetze, und du tust gut daran, dich anzupassen. Die Frau ist während ihrer ‚Periode' unberechenbar. Die geringsten Schwierigkeiten werden zu Tragödien; etwas später wird sie ihr Verhalten selber nicht mehr begreifen können.

Eine Liebesannäherung seiner Frau darf man niemals zurückweisen. Sie kommt ohnedies selten vor.

Verspürst aber du Lust auf ein Schäferstündchen mit ihr, dann mußt du zuerst eine günstige Atmosphäre schaffen und in ihr den Wunsch zu erwecken suchen, dir anzugehören. Es darf dabei niemals Zwang im Spiele sein, weshalb du die gesunde Sehnsucht auch nie zu einer Gewohnheit werden lassen darfst.

Verführe Deine Frau mit zärtlichen Küssen. Wenn Frauen küssen, möchten sie alles um sich her vergessen. Versuche es also nicht am Tag der ‚großen Wäsche' oder wenn der ‚Hausputz' auf sie wartet.

10.

Schone deine Frau.

Wenn du einen Wunsch äußerst, sei ‚bitte' das erste und ‚danke' das letzte Wort. Behandle sie gerade so höflich, wie du mit einem Gast umgehen würdest.

Wer Blumen an die Wiege seiner Ehe trug, soll sie diese auch später nicht vermissen lassen. Verliebte Worte und duftende Blumen sind in einer Liebesbeziehung gefährlich, doch eine Ehe festigen sie.

Sag deiner Frau hin und wieder, wenn du heimkehrst, wie sehr sie dir tagsüber gefehlt hat. Mache ihr manchmal den Hof (das Resultat wird dich überraschen). Es gibt in jedem Leben genügend traurige Stunden, setze also alles daran, auf sie wie Sonnenschein zu wirken. Sei ein galanter Kavalier, hilf ihr bei schwerer körperlicher Arbeit und wirf ihr nicht die Tür vor der Nase zu. Reiche ihr deinen Arm beim Überqueren der Straße und lauf ihr nicht ständig zwei Meter voraus.

Lies nicht die Zeitung, wenn sie dich nach ihrer eintönigen Hausarbeit endlich zu Gesicht bekommt. Bring womöglich, wenn du heimkommst, nicht den Straßenschmutz mit in die Wohnung. Streife die Asche deiner Zigarette nicht überall im Zimmer ab und lasse auch sie ihre wohlverdiente Ruhe genießen. Wenn sie todmüde ins Bett fällt, gebiete deinem beispiellosen Egoismus Einhalt und vergewaltige sie nicht, wenn du dir ihre Liebe erhalten willst."

SEELISCHE WELLEN

„Die Existenz Gottes ist gewisser als alle Lehrsätze der Geometrie."

Descartes

Alles auf der Welt hat seine Ursache. Nichts geschieht ohne Grund. Es ist auch kein Zufall, wenn man einen Zug verpaßt, der viele andere in den Tod befördern wird. *Der Zufall ist das Inkognito Gottes*, sagte Albert Schweitzer.

Können wir schon viele Geschehnisse der sichtbaren Welt nicht verstehen, so geht es in unserem Innenleben noch viel mysteriöser zu.

So wie es Ebbe und Flut gibt, Tage und Nächte, Frühling und Winter, haben auch die Menschen ihre strahlenden und ihre trüben Tage. Eine kosmische Kraft, die noch niemand erforschen konnte, hält alles in ständigem Rhythmus und Gleichgewicht. Die gleichen Vorkommnisse lösen nicht an allen Tagen die gleichen Gefühle aus. Es gibt Tage, an denen uns die kleinste Unannehmlichkeit außer Rand und Band bringt und andere, an denen uns schier gar nichts aus dem Gleichgewicht zu werfen vermag.

Manchmal erwacht man bei bester Laune, und dann überkommt einen wieder eine völlig grundlose Depression. Diese auf- und niederwogenden Seelenstimmungen erleichtern uns manchmal das Leben, ein anderes Mal erschweren sie es uns. Leider spüren wir ihre unangenehmen Wirkungen weitaus deutlicher als die angenehmen.

Bei Verliebten können wir diese Wellenbewegungen am besten beobachten. Ein verliebter Mann wird plötzlich grundlos eifersüchtig. Nur mühsam läßt er sich beruhigen, um am nächsten Tag wieder dieselbe feindselige Haltung einzunehmen. Es gibt dafür keine Erklärung. Man kann nur feststellen: ‚Heute ist er einfach verrückt geworden!'

Der Herr schuf diese seelischen Wellen, damit wir gezwungen sind, einander mit Liebe, Nachsicht und Verständnis anzunehmen. *Einer trage des anderen Last*, sagt die Heilige Schrift.

Am härtesten trifft es einen, wenn beide Ehepartner ihr ‚Tief' zur gleichen Zeit durchzustehen haben. Dann muß man auf das Schlimmste gefaßt sein.

Alles was lebt, unterliegt diesen rhythmischen Wellenbewegungen, die Naturkatastrophen: Hochwasser, Erdbeben und Feuer wechseln einander ebenso periodisch ab wie gutes und schlechtes Wetter.

Der Schweizer Biologe Fliest teilt die Lebensrhythmen in geistige, seelische und körperliche ein. Gute und schlechte Perioden wechseln alle 23 Tage.

Aber auch jeder menschliche Körper hat eine eigene Ausstrahlung. Sie wird duch die sogenannten Od-Kreise beschrieben, deren Intensität sich verstärkt, wenn Menschen einander näherkommen.

Reichenbach hat festgestellt, daß alles in der Natur, die Mineralien, die Pflanzen, die niederen Lebewesen, die Tiere, ja sogar Sonne, Mond und Sterne und natürlich auch die Erde, von einer solchen Od-Schicht umgeben sind. Nach seiner Theorie ist das

Od eine Art kosmisches Fluidum, das von Himmelskörper zu Himmelskörper strömt.

Er unterscheidet positives und negatives Od. Das positive ist von bläulicher Farbe und warm, während das negative gelb und kühl wirkt. Die nördliche Erdhälfte ist Od-Positiv, die südliche Od-Negativ. Auch der Mensch ist in zwei Od-Quellen geteilt. Die rechte Seite ist Od-negativ und die linke Od-positiv.

Der Od-Kreis des Menschen ist das genaue Spiegelbild seines Seelenlebens. Es gibt also gute und schlechte Od-Kreise, was wir natürlich nur relativ beurteilen können, weil jeder Od-Kreis zu einem anderen in einer nur auf ihn bezogenen Verbindung steht und diese Beziehung deshalb auch nur eine auf ihn bezogene, subjektive Bedeutung hat.

Wenn die Od-Kreise gegensätzlicher Charaktere aufeinandertreffen, lösen sie dementsprechend unangenehme Gefühle aus und schließen eine Freundschaft aus. Hier haben wir also endlich eine Erklärung für Sympathie oder Antipathie.

Frauen sind in bezug auf die Od-Kreise weitaus empfindlicher als Männer. Deshalb kommt es vor, daß Frauen inmitten einer Menschenmenge plötzlich in Ohnmacht fallen, was auf die zahlreichen negativen Ausstrahlungen, von denen sie umgeben sind, zurückzuführen sein kann.

Die Hypersensitiven können es auch kaum ertragen, wenn man ihnen unmittelbar folgt oder hinter ihnen steht, und wenn jemand sie anschaut, drehen sie sich unwillkürlich nach ihm um. Manche spüren sogar, wenn über sie gesprochen wird, auch wenn es ihnen ganz unmöglich war, etwas zu hören.

Heutzutage steigt die Anzahl der Sensitiven stetig an. Es ist nicht zu übersehen, daß in Restaurants, Cafés und anderen öffentlichen Lokalen die Eckplätze immer zuerst besetzt sind.

Wir wollen uns aber auf die Wirkung der Od-Kreise auf das Zusammenleben zweier Menschen beschränken. Hierzu ist zu bemerken, daß gleichartige Od-Kreise, zwei negative oder zwei positive einander abstoßen. Das drückt sich in einer unerklärlichen Ruhelosigkeit aus, eine Art Widerspruchsgeist liegt in der Luft und macht ein friedliches Beisammensein von vorneherein unmöglich.

Ein Großteil der Menschen ist derartigen Schwierigkeiten machtlos ausgeliefert. Darum kommt uns die Natur mit den Gefühlen der Sympathie und Antipathie hilfreich entgegen. Die Hintergründe dieser Erscheinungen bleiben jedoch nach wie vor ungeklärt. Hier hilft einzig der Glaube.

Credo quia absurdum, war die Devise des heiligen Augustinus. Es gibt unzählige Beweise dafür, daß, wer an das Unglaubliche zu glauben vermochte, der Wirklichkeit am nächsten stand.

DER GLAUBE

Die Ungläubigen zweifeln an allem,
nur nicht an ihrem Unglauben.

Koran

Als ich das Café betrat, wartete mein alter Freund dort bereits auf mich.

„Heute morgen habe ich der Frühmesse beigewohnt. Lauter alte Weiber! Die Lippen bewegten sich lautlos, während die Augen geschäftig hin- und herwanderten. Ich mußte an die buddhistischen Gebetsmühlen denken, die mit der Hand, gelegentlich auch vom Wind in Gang gehalten werden. Es ist allerdings zu hoffen, daß die Elektrizität inzwischen auch dabei die ihr gebührende Rolle übernommen hat."

„Als man die heilige Therese von Lisieux einmal fragte, wie es ihr möglich sei, Tag und Nacht die gleichen Worte vor sich hinzusagen, antwortete sie: ‚Mein Gebet ist, an Gott zu denken.'

Sie war im Kloster nicht besonders beliebt. Man hielt ihre grenzenlose Liebe zu Gott selbst dort für Heuchelei. Ihr Buch ‚Der kleine Weg' hat man im nachhinein überarbeitet und mit allerlei banalen Attributen ausgeschmückt. Das Vaterunser hat kein Epitheton."

„Ein Jammer, daß es keine religiösen Redner mehr gibt, wie es im XVII. Jahrhundert in Frankreich Bossuet, Massilon oder Fénelon waren. Wir hätten sie nötig, denn immer wieder kommen Zeiten des Zweifels, und zwar nicht nur in bezug auf die äußere Form, sondern auch in bezug auf die Substanz. Es handelt sich um eine Krankheit, die zur Epiedemie geworden und schwer zu bekämpfen ist. Ich meine den Materialismus. Nach Ansicht der Materialisten erhebt sich die anorganische Materie aus eigener Kraft auf die Stufe des Lebendigen. Gerade wie der gute Baron Münchhausen, der sich am eigenen Schopf aus dem Sumpf zog, meinte Du Prel dazu.

Swedenborg, der schwedische Aristoteles, war ein frommer Mann, wenn auch an keine Konfession gebunden. Über seinen 25 Jahre dauernden Kontakt mit dem Jenseits hat er 150 Bücher in lateinischer Sprache geschrieben, die er selbst herausgab. Vom Leben nach dem Tode sprach er in ähnlicher Form wie die Bibel.

Goerwitz berichtet, daß Goethe die Schriften Swedenborgs bereits vor Vollendung seines 20. Lebensjahres voll Bewunderung gelesen habe. Er war auch der Ansicht, daß einiges aus dem ‚Faust' auf diese Lektüre zurückzuführen sei. Goethe formuliert am Ende seines ‚Faust' die leicht verständlichen Worte:

Alles Vergängliche
Ist nur ein Gleichnis;
Das Unzugängliche
Hier wird's Ereignis.

Seit jeher zerbricht sich der Mensch den Kopf über das Jenseits. Dabei ist unsere sichtbare Welt doch ein Abbild davon, wie schon Plato lehrte. Swedenborg tröstet uns, wir würden dort alles wiederfinden, was uns auf Erden umgab. Auch die Natur in all ihrer Schönheit werden wir im Jenseits erleben. Es wird auch dort Berge und Täler, Wälder und Felder, Meere und Seen, Vögel, Tiere und Fische geben, auch wunderschöne Häuser und prachtvolle Schlösser. Der Mensch wird also sein Erdenleben in schönerer Form fortsetzen. Er wird sehen, hören, fühlen und sprechen, schlafen und wachen. Auch seinen besonderen Charakter behält er.

Es gibt dort köstliche Speisen, edle Weine, Spiele, Tänze, Musik und die lieblichsten Lieder. Es gibt sogar eine Art Gesellschaftsleben, und das bis in alle Ewigkeit, schreibt Swedenborg, der diesen Zustand erleben durfte, um die Menschen beruhigen zu können und ihnen die Angst vor dem Sterben zu nehmen.

Im Jenseits gibt es allerdings kein Altern. Wir bleiben ewig jung und können unsere Frauen dort ewig lieben. Anstelle von Kindern zeugen wir Weisheit und Liebe. Es soll jedoch sogar die Möglichkeit der Scheidung geben. (Diese letztere Behauptung hat Swedenborg beinahe ins Irrenhaus gebracht. Man hielt ihn für geisteskrank).

Es ist gefährlich, in das Jenseits einzugehen, ohne gebührend vorbereitet zu sein, beteuerte Swedenborg. Eine Begründung dafür gab er nicht, aber kurz vor seinem Tode sagte er noch: *Ich hätte der Welt noch einiges mitteilen können, wenn es mir erlaubt gewesen wäre.*“

WERDE MIT WÜRDE ALT

Die Tragödie des Lebens liegt nicht darin, daß wir altern, sondern darin, daß wir einmal jung waren.

Oscar Wilde

„In den frühesten Zeiten des Christentums währte ein Menschenleben durchschnittlich 20 Jahre. Im 18. Jahrhundert waren es schon 33 bis 35 Jahre, danach stieg die Lebenserwartung relativ schnell auf etwa 40 Jahre. Um 1900 wurde der Mensch bereits durchschnittlich 54 Jahre alt. Nach dem zweiten Weltkrieg setzte sich diese Entwicklung fort. Zwischen 1930 und 1947 erhöhte sich das Durchschnittsalter um weitere 12 Jahre.

In Australien lebte man am längsten, während die Inder die kürzeste Lebensdauer aufwiesen.

Die Kinder, die jetzt zur Welt kommen, werden um noch zehn Jahre länger leben, d. h., 30 Jahre länger als die Menschen der Jahrhundertwende.

Noch vor nicht allzulanger Zeit hatte eine dreißigjährige Frau bereits den Schlußstrich unter ihr Leben gezogen, und ein fünfzigjähriger Mann war ein Greis. Heute sieht das ganz anders aus.

Die Frauen der vergangenen Jahrhundertwende waren große, vollentwickelte Erscheinungen, aber sie verwelkten schneller, als das heute der Fall ist.

Das Hauptanliegen unserer Zeit scheint darin zu bestehen, unsere Lebenszeit so weit wie möglich zu verlängern (so haben wir mehr Zeit, allen möglichen Unsinn anzustellen).

Mit viel Geld ist es möglich, auch im Alter noch das Leben der Jungen zu genießen. Schon Cicero sagte: *Es gibt keinen noch so alten Greis, der nicht wünscht, noch ein paar Jahre weiterleben zu dürfen.*

Wenn wir die vergilbten Photographien aus der Jugendzeit unserer Großmütter betrachten, müssen wir zugeben, daß die Frauen attraktiver geworden sind. Sie sind kleiner, aber anmutiger."

„Es gibt heute Frauen, die schon Kinder haben und immer noch völlig unentwickelt aussehen", bemerkte der Alte.

„Alt werden ist das schlimmste Übel, das man sich vorstellen kann. Es ist ein Leidensweg. Jeder Tag, der vergeht, schmerzt ein wenig. Man fühlt nach und nach verschiedene Krankheitssymptome und meint, das letzte Stündchen habe schon geschlagen. Doch am nächsten Tag verschwindet das Übel wieder, um einem anderen Platz zu machen.

Man vergißt die Namen seiner Bekannten. Oft weiß man nicht einmal mehr, warum man von dem einen in das andere Zimmer gegangen ist, und steht dort wie die Kuh vor dem neuen Tor.

H. G. Wells vergleicht unser Gedächtnis mit einem Raum, in dem unser Wissen gespeichert wird. Wenn dieser Raum einmal voll ist, können wir darin nichts mehr unterbringen. Darum wissen alte Leute oft noch haargenau, was sich vor vielen Jahren zugetragen hat; was jedoch gestern geschehen ist, haben sie bereits vergessen.

Mit fortschreitendem Alter wachsen die Nasen und Ohren, die Hände sind übersät mit Leberflecken, unter den Augen bilden sich Tränensäcke und das Gesicht nimmt die Farbe eines zugefrorenen Gewässers an. Die Augenbrauen werden buschig, aus Ohren und Nasenlöchern wachsen Haare, während sie auf dem Kopf bedauerlicherweise immer spärlicher werden. Wenn man in den Spiegel sieht, kommt einem Darwin in den Sinn. (Nebenbei bemerkt: warum sind eigentlich nicht alle Affen zu Menschen geworden? Mir scheint es eher leichter zu glauben, daß aus gewissen Menschen die Affen entstanden sind).

Man erhält herrlich schneeweiße Zähne, die selbst denen der Tieren Konkurrenz machen könnten. Es sieht erschreckend aus, wenn so ein alter Mann aus vollem Halse lacht.

Dann kommt die Zeit der Verbote: Man muß auf die wenigen Freunde des Lebens allmählich verzichten, nimmt nach und nach von ihnen Abschied. Wir rauchen die letzte Zigarette, dann wird das letzte Whiskyglas beiseite geschoben, und immer länger wird die Liste der Speisen, die wir nicht mehr genießen dürfen. Die Medikamente dagegen vermehren sich zusehends. Schließlich verzichten wir freiwillig auf unser Auto, weil wir uns am Steuer nicht mehr sicher fühlen. Ein Bad zu nehmen erscheint uns aufregend wie eine Zirkusnummer. Man weiß ja nie, ob man noch mit heiler Haut herauskommt. Socken und Schuhe anziehen ist ein Kreuzweg. Bei jedem Hinsetzen denkt man bange daran, daß man wieder aufstehen muß. Man atmet mit offenem Mund wie ein Kind, Hände und Beine zittern, und man wirft Gläser um.

All das zeigt an, daß man nicht mehr auf diese

Welt gehört. Jeder neue Tag wird als Geschenk angesehen. Man hat wieder eine Nacht überlebt und dankt Gott dafür.

Man versucht, seinen Angehörigen nicht auf die Nerven zu fallen. Vergeblich! Die sehen nur, daß man ständig dort herumsteigt, wo man ihnen im Weg ist. Man merkt nicht, daß man längst senil ist, und bemüht sich noch krampfhaft, an Gesprächen teilzunehmen. Es gibt auch eigensinnige alte Leute, die schwer zum Waschen zu bewegen sind und deshalb einen speziellen ‚Altersgeruch' haben.

Schließlich kommt der Tag, an dem unsere Kinder uns überreden wollen, in ein Altersheim zu gehen. Krudy empfand es als sehr anerkennenswert, daß der Staat die alten Leute überhaupt noch duldet.

Wann beginnt ein Mann eigentlich alt zu werden? Die Franzosen sagen: Wenn er frohgemut ausruft: ‚Kinder, ich habe mich noch nie so jung gefühlt!' Und eine Frau beginnt alt zu werden, wenn sie nicht mehr vor einem Schaufenster für Damenmode stehenbleibt."

„Ich sehe das anders", entgegnete der Alte: „Ein Mann wird alt, wenn er sich nicht mehr nach den Weibern umdreht, eine Frau, wenn sie keinen Drang mehr verspürt, ihren Mann zu betrügen.

Es ist traurig, wenn man an einer schönen Frau mit gesenktem Kopf vorübergeht. Dazu muß man allerdings schon steinalt und todkrank sein.

Malcolm Cowley sagte: *Ein Mann wird alt, wenn er nicht mehr auf einem Bein stehend seine Hose ausziehen kann, ohne das Gleichgewicht zu verlieren.*

Und als dieser Kerl 82 wurde, empfahl ihm sein Hausarzt, wenn er unbedingt den Frauen nachlaufen müsse, sich doch auf bergabwärts führende Wege zu beschränken.

Wenn die Männer ihrer Jugend nachweinen, bedauern sie doch nur, nicht genügend gesündigt zu haben. Wie oft wußte man früher nicht wohin mit der vielen Zeit, klagte über Langweile. Diese Zeit hätte man dem Alter verpfänden sollen, um sie später wieder zurückzuverlangen. Ein Drittel des Lebens verschläft man, und währendessen merkt man nicht einmal, wie die Zeit vergeht."

Der Alte redet merkwürdigerweise von sich, als wäre er noch jung und knusprig. Die Symptome des Alterns nimmt er nur an anderen wahr.

Auf jeder Altersstufe verfolgt der Mensch andere Ziele. In der Jugend kämpft man um die Frauen und im Alter nur noch um die Zeit, sagte Morand.

Alte Frauen sehen selten vorteilhaft aus, die meisten sind zu dick. Alte Männer werden traurig und schweigsam, während die Redelust der Frauen überhaupt nicht gelitten zu haben scheint.

Die Frau fürchtet sich vor nichts mehr als vor dem Alter. Sie weiß, daß ihre Anziehungskraft von der Schönheit ihres Körpers abhängt. Trotzdem tragen die Frauen ihr Alter mit Würde. Sie bleiben meist allein zurück, sind aber immer ordentlich und sauber gekleidet. Sie hören höchstens kurz vor ihrem Tode auf, sich zu waschen, wenn sie dazu einfach nicht mehr imstande sind.

Man sollte den Hut abnehmen vor jeder alten Dame und sich ein wenig um sie kümmern, anstatt immer nur den jungen Mädchen nachzustellen.

Für manche alte Menschen wäre es ein Segen, wenn sie wieder in eine Schule gehen könnten, um zu lernen, mit dem Alter umzugehen. Sie sollten sich dazu erziehen, alles Wesentliche aufzuschreiben, das einzige Mittel gegen Vergeßlichkeit. Sie müßten sich daran gewöhnen, die Dinge immer auf den gleichen Platz zurückzustellen, um ihre Füße zu schonen. Auch sollten sie niemals Wertsachen oder große Summen Geldes bei sich tragen. Auf die Bekanntschaft junger Leute wäre auch zu verzichten, und über Einsamkeit sollten sie niemals ein Wort verlieren. Das Alter ist wie eine zweite Kindheit. Man muß von neuem laufen lernen, vorsichtig vor sich hintastend, und muß sich ständig vor Stürzen hüten.

Während die Frauen langsam, Schritt für Schritt altern, kommt dem Mann seine Jugend sozusagen von heute auf morgen abhanden. Die Frau läßt bei den ersten Anzeichen des Alterns schluchzend ihren Spiegel in den Schoß sinken. Jedes weiße Haar bewirkt einen Nervenschock, und sie bricht vollständig zusammen, wenn sie die ersten Runzeln unter den Augen erblickt.

Wo ist der Mann, den die Falten in seinem Gesicht stören? Und wenn man die ersten weißen Haare an seinen Schläfen entdeckt, erscheint eine junge Dame und begeistert sich lautstark dafür. Man sieht sie etwas mißtrauisch an, aber ihre Begeisterung scheint echt zu sein. Man ist sogar froh, daß es einem endlich gelungen ist, interessant zu wirken. So gleiten die Männer dank der Liebenswürdigkeit der Frauen völlig unvorbereitet ins Alter. Unser fünfzigster Geburtstag stimmt uns zwar ein wenig nachdenklich, doch schon hört man jemanden sagen: ‚Seit wann ist ein Mann mit 50 alt? Sie sind doch eigentlich erst jetzt richtig reif zum Heiraten.'

Mit 60 schöpft man wieder Verdacht, aber die Frauen spenden Trost: ‚Das ist doch das beste Mannesalter, wenn man sich seiner selbst so völlig sicher ist . . . '

Das ist in Wirklichkeit natürlich individuell sehr verschieden. Es gibt Greise von 20 und sechzigjährige Kindsköpfe. Aber man ist vollkommen beruhigt. Eine Frau muß das schließlich am besten wissen. Und so trifft es einen wie ein Blitz aus heiterem Himmel, wenn einem einmal ein gertenschlankes Mädchen von 16 entgegenschwebt, ihr junger Mund öffnet sich zu einem Lächeln und hinter ihren frischen Lippen glänzen Perlenzähne. Da flötet sie: ‚Guten Tag, Onkel Georg!'

Das ist der erste Schlag. Die Mundwinkel zucken nervös und das Herz krampft sich zusammen: Ein Onkel bist du geworden!

Ja, diese wohlgeformte, schlanke sechzehnjährige Maid ist eine Nichte (vor Verwandten sollte man sich immer hüten). Vor ein paar Jahren hat man sie im Kinderwagen umhergeschoben, es kommt einem vor, als wäre es gestern gewesen. Später, als die Kleine gerade laufen gelernt hatte, stolperte sie ungeschickt herum und wischte ihre schmutzigen Hände an unserer weißen Sommerhose ab. Schon damals war man leicht verärgert, aber der kleine Quälgeist hatte seine schmerzlichste Aufgabe am armen Onkel noch nicht erfüllt: Das ist erst heute geschehen.

Jetzt gibt es keinen Trost, keine interessanten weißen Schläfen und keine relative Jugendlichkeit, nichts dergleichen mehr. Der Altersprozeß hat unerbittlich begonnen. Schlagartig muß man das nun zur Kenntnis nehmen. Der Sechzigjährige sieht plötzlich klar, was man bisher immer vor ihm verborgen hatte. Und mit gebrochenem Herzen setzt er seinen Weg fort.

Man sieht ein sechsjähriges Mädchen und muß daran denken, daß es auch in zehn Jahren noch ein hübsches Ding sein wird. Man sieht die Liebespaare, die im Park an einem Hand in Hand vorüberschlendern und einander zärtlich anblicken. Und man weiß nun, daß all das endgültig vorbei ist.

Wie ein geprügelter Hund geht der Sechzigjährige heim. Seine Lieblingsspeise schmeckt ihm nicht mehr, er würgt daran herum und bringt kaum einen Bissen hinunter. So geht es, wenn man immer in vollen Zügen leichtsinnig sein Leben ausgekostet hat!

Aber das Alter kann auch milde und erträglich sein. Von einer friedvollen Melancholie erfüllt, wie ein schöner Sonnenuntergang, wenn ein froher Tag zu Ende geht.

Hat man einst die Frau gefunden, die einen wirklich liebte und einem in guten und bösen Tagen zur Seite stand, hat man ihre Liebe nicht um eitler Freuden willen verraten und es auch an trüben Tagen bei ihr ausgehalten, wenn man glaubte, sie nicht mehr lieben zu können - dann wird man in ihren Augen immer noch jung sein. Für sie glänzt in unserem Haar kein weißer Schimmer, für sie ist unser Gesicht glatt und der Blick klar geblieben, nicht welk und müde wie in Wirklichkeit.

In ihrem Herzen geht man immer noch kerzengerade, denn sie ist ja die einzige, die sich außer uns selber noch an unsere Jugendjahre erinnern kann. Sie sieht uns immer noch so, wie wir einmal waren, und nimmt von ganzen Herzen Anteil an all unseren Nöten.

Es gibt nichts Schöneres, als mit ihr gemeinsam friedvoll und sanft alt zu werden. Und diese Gewißheit gibt uns auch die Kraft, den Gruß der kleinen Nichte unbesorgt und heiter hinzunehmen und fröhlich lächelnd zu erwidern: ‚Servus, kleiner Fratz!‘ , in dem Wissen, daß uns unsere eigene Jugend nochmals gegrüßt hat, bevor sie uns für immer verließ."

DIE LETZTE WEGSTRECKE

Das Leben entflieht wie der Schatten eines fliegenden Vogels.

Talmud

„Die legendäre Gestalt des *Don Juan*, der unzählige Frauen ins Unglück stürzte, beruhte doch eigentlich auf der Lebensgeschichte des Pierre de Klériot. Beide stammten aus wohlhabenden Aristokratenfamilien, beide waren Meister im Fechten, gewannen jedes Duell und hatten kein anderes Lebensziel, als das Leben in vollen Zügen zu genießen. Sogar ihre Charaktere waren ähnlich: Beide waren sie hochmütig, zynisch und gottlos, Todesverächter, die auch vor einem Mord nicht zurückschreckten.

Don Juan wurde als Spanier in Sevilla geboren und hieß Don Miguel de Manara. Pierre de Klériot war gebürtiger Franzose und lebte im selben Jahrhundert.

Auch das Leporello-Album, in das sie die Namen der entführten Frauen eintrugen, verrät eine merkwürdige Ähnlichkeit zwischen den beiden. Ein Freund Don Juans bemerkte, daß in dieser Aufzählung nur noch Gottes Name fehle, worauf Don Juan sich entschloß, eine Nonne zu verführen. Pierre de Klériot hingegen bekehrte sich und wurde ein Heiliger. Denn er, der bislang wahrlich keine Ähnlichkeit mit einem Heiligen gehabt hatte, entbrannte plötzlich in inniger Liebe zur Madonna."

„Auch Sie sollten die Madonna lieben lernen, dann ist Ihre Seligkeit so gut wie gesichert“, bemerkte mein alter Freund.

„Was wollen Sie damit sagen?“

„Ich besitze eine wertvolle Marienstatue aus dem 16. Jahrhundert, die mich in der Innentasche meines Mantels an allen Sonn – und Feiertagen in die Kirche begleitet. Dort fühlt sie sich wohl. Daheim steht sie vor einem kleinen Ewigen Licht.

Ich bete zu ihr um ein ganz bescheidenes Glück im Himmel. Ich wäre schon froh, wie auf Erde weiterleben zu dürfen, nur sollte dieses Leben bis in alle Ewigkeit andauern. Bloß nicht wiedergeboren werden und das Ganze nochmals von vorne anfangen müssen!“

Dann holte er eine goldene Medaille aus seiner Brieftasche hervor: „Sehen Sie, die trage ich immer bei mir.“

Auf der Medaille waren in Form eines Rechtecks folgende Buchstaben eingraviert:

S A T O R
A R E P O
T E N E T
O P E R A
R O T A S

„Wie Sie sehen, ist das ein magisches Viereck. Von links nach rechts oder umgekehrt, von oben nach unten sowie von unten nach oben lesen Sie immer die gleichen Worte: SATOR AREPO TENET OPERA ROTAS‘ ‚Arepo, der Schöpfer, hält das Rad (des Lebens) in Gang.‘ Diese Wundermedaille soll mir zu einem plötzlichen Tod ohne vorhergehende Agonie verhelfen.

Die Colonia Veneria Pompeianorum, unter dem Namen Pompei bekannt, war seinerzeit eine vornehme Villengegend, wo die damalige Prominenz wie Kaiser Claudius und Cicero ihr Tusculum hatten. Diese Stadt wurde bekanntlich in Jahre 79 v. Christi Geburt bei einem Ausbruch des Vesuv zerstört. Bei einer Ausgrabung im Jahr 1860 fand man auf der Mauer einer der Villen diese Aufschrift.

Ich weiß nicht, wieviele Einwohner Pompeji damals hatte, an die zehntausend werden es bestimmt gewesen sein. Nur wenige konnten sich retten, alle anderen aber sind plötzlich und ohne Agonie gestorben. Man fand z. B. Liebespaare, die sich noch eng umschlugen hielten."

„Was verstehen Sie unter Agonie?"

„Dumme Frage: Agonie ist Agonie, Todeskampf."

„Ich weiß nur von einem, der eine solche wundertätige Medaille trug: Bezeredy, ein Freiheitskämpfer, der auch ‚plötzlich', das heißt ohne Agonie starb. Er wurde im Jahre 1708 enthauptet, und ich bezweifle, ob die in der Todeszelle verbrachten Stunden tatsächlich weniger schlimm waren als eine sogenannte Agonie."

„Mein Lieber, wir alle sind zum Tode verurteilt. Früher oder später werden wir alle sterben. Ihr Bezerédy mußte nicht jahrelang auf seinen Tod warten. Wir aber warten während unseres letzten Lebensabschnitts ununterbrochen darauf.

Ich habe für jedes meiner Kinder eine solche Medaille machen lassen, aber sie hatten kein Interesse dafür. Wenn Sie wollen, schenke ich Ihnen eine."

„Besten Dank! Begnügen wir uns lieber damit, daß wir noch leben dürfen, wenn auch recht jämmerlich, und nicht schon auf dem Friedhof gelandet sind, wo so viele unserer Lieben liegen und wohin man uns alle, einen nach dem anderen, auch bald tragen wird.

Wer gesund ist, sei dankbar dafür, und die Kranken mögen froh sein, daß es ihnen nicht noch schlechter geht. Es gibt immer noch eine Menge Menschen, die weitaus ärmer dran sind als man selbst.

Die Arbeit ist das einzige, was das Leben sinnvoll und erträglich macht. Diese Aussage stammt von Francois-Marie Arouet, der unter dem Pseudonym Voltaire der führende Geist des 18. Jahrhunderts war."

„Man versucht heute immerhin, die Menschen zum Nachdenken zu bewegen. In vielen Hotels Europas findet der Reisende eine Bibel im Nachtkästchen, und in Amerika liegen sogar in einigen Restaurants Tischgebete der verschiedensten Religionen auf."

„Vielleicht wäre es wirkungsvoller, stattdessen einen Zettel mit der Aufschrift: ‚Denke daran, daß du jede Minute verhaftet werden kannst', aufzulegen.

Zumindest sollte man versuchen, alles mit Maß zu tun. In bezug auf die Liebe setzt man sich weniger Enttäuschungen aus, und wenn es einem gelingt, auch im Haß Maß zu halten, kann man meistens der Strafe entgehen.

Auf unserer Erdenwanderung wird einem jeden von uns ein Ranzen auf den Rücken geschnallt, der die Tage enthält, die wir zu leben haben. Aber auch unsere Fähigkeiten befinden sich darin, unsere Kräfte, ja sogar unsere Küsse. Von uns allein hängt es ab, ob wir diese Gaben nutzbringend verwenden oder ob wir sie vergeuden.

Seien wir vorsichtig und sparsam, denn wenn unsere Ranzen leer sind, werden wir zur Rechenschaft gezogen. Beten wir nicht immer nur um ein besseres Leben und um die Erfüllung unserer Wünsche. Verdient hätten wir es gewiß, daß Gott all unsere Wünsche erfüllt, aber er ist barmherzig und erhört uns nicht immer.

Quid est veritas? – Was ist die Wahrheit? Die Wahrheit der Jungen sieht anders aus als die der Alten. Die Kranken, die Gesunden, die Armen und die Reichen, Weise und Narren, Gläubige und Ungläubige, sie alle haben ihre eigene Wahrheit.

Bei den Frauen sollten wir die Wahrheit keinesfalls suchen, auch wenn der Mann seine Seligkeit von ihr erhofft, denn sie ist nun wirklich die schönste Illusion, die es auf Erden gibt. Da gibt es kein Warum, denn sie bedarf keiner Erklärung.

Jedes ‚Warum' bringt bloß Unruhe in die Seele und hindert einen daran, in Frieden zu leben. Nur für sehr kurze Zeit war der Erde ein vollkommenes Glück, das Paradies, beschieden. Es müßte eine neue Welt erschaffen werden, wollte man wieder in einem Paradies leben. Die Tiere fressen einander, um des Überlebens willen. Der Starke triumphiert über den Schwachen. Es wäre leichter vorstellbar, daß die wilden Tiere sich von Früchten ernährten, als daß die Menschen einander in Ruhe leben ließen.

Was das Böse, das Unrecht anbelangt, sollte man ein Gesetz schaffen, das nur aus zwei Worten besteht: *Tu's nicht!*

Gottes Gerechtigkeit ist nicht von dieser Welt. Erinnern wir uns daran, was Leuthold einst sagte: *Zwischen dem Elend und dem Glück gähnt eine breite Kluft. Die Hoffnung schlägt eine Brücke darüber. Doch diese hängt in der Luft.*

Die Welt liegt in schmerzlichen Wehen. Sie will ein besseres und menschlicheres Zeitalter hervorbringen, aber eine qualvolle Geburt mit Blut und Tränen ist der Preis. Es ist etwas im Anzug, was die Menschen noch unruhiger macht; sie sind nahe daran, alles zugrunde zu richten.

Man soll sich mehr vor sich selbst fürchten als vor seinen Feinden. *Führe mich, mächtiger Gott, denn ich kenne mich nicht*, gestand Voltaire.

Überall sehen wir nur, daß sich alles wandelt. Nichts aber verschwindet endgültig. Ein winziges Pflänzchen, in die Erde versenkt, wächst zu einem mächtigen Baum heran. Der wird einmal gefällt und zum Heizen verwendet, dabei verwandelt er sich in ein Häufchen Asche, das ein leichter Windstoß verweht.

Wo hat er die vielen Tonnen Gewicht hergenommen? Sonne und Regen haben sich in sichtbare Materie verwandelt, um in den Flammen wieder unsichtbar zu werden."

Der Alte bestellte zu meiner Verwunderung ein Glas Milch.

„Ich habe Sodbrennen", erklärte er. „Es sind keine Magenschmerzen, ich habe nur einen bitteren Geschmack im Mund."

„Wollen wir für heute Schluß machen?"

„Ich muß meine Tochter besuchen. Morgen hat sie Geburtstag. Dann bin ich wieder da.

Nur eines noch: Haben Sie schon einmal darüber nachgedacht, wieviel erfreulicher das Leben wäre, wenn man seinen Ablauf umkehren könnte? Wenn wir bei der Geburt gleich alle Weisheit in die Wiege gelegt bekämen, und sie nicht erst mühsam erwerben müßten?

Stellen Sie sich vor, man würde zu Anfang aus dem Grab geschaufelt und auf das Totenbett gelegt, dann folgten die Agonie und die Krankheiten. Mit der Zeit aber würde man immer jünger und gesünder. Auch die Liebe begänne mit den Enttäuschungen und Auseinandersetzungen – bis endlich ein unschuldiges Mädchen einem seine aufrichtige erste Liebe schenken könnte. Man würde seiner Frau vorgestellt, um sie danach nie wiederzusehen. Schließlich erreichte man das Stadium der glücklichen Kindheit und am Ende des Lebens wäre ein liebevoller, mütterlicher Kuß unser Grabstein. Man verstünde es bestimmt besser, zu leben, wenn man sein Leben mit dem Tod beginnen könnte."

„Ein schöner Traum, aber Gott hat es anders gewollt.

Wir sind geboren, um zu werden, nicht um zu sein, sagte Sailer. Es ist also unwichtig, was man erreicht hat, wichtig ist einzig, wohin man will.

Bewundern und loben wir Gott in all seiner Pracht, in der er sich in unzähligen Formen offenbart. ‚Er' ist der Sonnenschein, die Dämmerung, die blumige Wiese, die schattigen Wälder, das grollende Gewitter und das sturmgepeitschte Meer ebenso wie die verliebte Sommernacht.

Man begegnet ‚Ihm', wenn man ein schönes, schlankes Mädchen erblickt, aber auch ein altes krankes Weib ist nicht minder Teil seiner Schöpfung. Gott will uns an die Vergänglichkeit erinnern.

Bang stellen wir uns die Frage nach dem eigenen Abschied, der umso leichter sein wird, je weniger Illusionen wir uns machen. Beobachten wir nicht immer ängstlich, ob wir uns wohl oder unwohl fühlen? Das Wohlbefinden gleicht einer Frau, die man nicht mehr liebt. Man wird immer etwas an ihr auszusetzen haben."

„Glücklich ist der Mensch, der seinen Glauben hat, ohne zu verstehen, und der eine treue Seele gefunden hat, die ihm in der Stunde des Abschieds die Hand hält."

„Sie haben doch Ihre Kinder . . ."

„Ach, die Kinder", seufzte der Alte resigniert, „mit denen darf man niemals rechnen."

DER ABSCHIED

Nicht der Tod ist entsetzlich, sondern das, was man sich darunter vorstellt.

Epiktet

Eine Woche schon hatte sich der Alte nicht mehr blicken lassen. Von dem Besuch bei seiner Tochter hätte er längst zurück sein müssen.

Ich ging also zu seiner Hausbesorgerin – einer recht gewichtigen Dame – um mich nach ihm zu erkundigen.

Sie sah mich prüfend von der Seite an: „Und Sie wissen von Ihrem Freund nicht, daß er bereits auf dem Friedhof liegt?"

„Auf dem Friedhof?"

„Genau heute vor einer Woche ist er gestorben. Er hat uns allen arg mitgespielt. Kommen Sie!"

Sie wollte das Gespräch nicht im Treppenhaus weiterführen. Ich folgte ihr in die Loge, und sie schloß behutsam die Tür hinter sich.

„Es war schrecklich, wie dieser Mann starb. Er war schließlich ein gebildeter Mensch – ein Pädagoge." Sie beugte sich näher zu mir. „Er starb, im wahrsten Sinne des Wortes, auf einem halbwüchsigen Mädchen liegend."

„Nein!"

„So etwas habe ich noch nie erlebt! Der kleine Fratz schrie wie besessen hinter der verschlossenen

Wohnungstür. Niemand konnte sich vorstellen, was passiert war, und die Wohnungstür aufzubrechen waren wir auch nicht fähig. Schließlich gelang es der Feuerwehr, durch das Straßenfenster einzudringen. Das Haus war von einer riesigen Menschenmenge umringt. Wenn ich nur an die Kleine denke, wie sie geschrien hat! Die hat eine Lektion fürs ganze Leben bekommen. Der Alte lag auf ihr und sie konnte sich unter seinem Gewicht nicht befreien. Die Ambulanz fuhr sie dann samt dem Toten ins Spital."

Die Hausmeisterin war immer noch ganz außer sich.

„Au revoir, Madame!"

Ich schlug den Weg in unsere Café-Bar ein und fühlte mich nicht mehr recht wohl in meiner Haut. Mir gegenüber stand der leere Stuhl, auf dem der Alte noch vor einer Woche gesessen hatte. Ich war nervös und begann wieder zu rauchen.

‚Was bedeutet der Tod? Gibt es eine Fortsetzung, die wir als Weiterleben anerkennen können? Bleiben wir auf irgendeine Art und Weise mit unserem irdischen Leben verbunden? Und was ist mit unserer Verantwortung unserem Leben gegenüber? Bleibt uns die Fähigkeit, uns zu freuen und traurig zu sein, erhalten? Gibt es ein Wiedersehen mit unseren Lieben? Und werden sie uns erkennen? Und im Falle, daß uns ein Wiedersehen nicht wünschenswert erschiene, hätten wir eine Wahl?' fragte sich Bruckenberger.

Wenn wir den Berichten der sogenannten klinisch Toten, die von den Ärzten ins Leben zurückgeholt wurden, Glauben schenken wollen, dann erreichen wir im Jenseits einen Zustand absoluter Glückseligkeit.

Die genaue Schilderung eines Tagesablaufes hat keiner dieser ins Leben Zurückgeholten gegeben. Vielleicht ist tatsächlich eine Art ‚Umschulung' unserer Wahrnehmungsfähigkeit und unserer Denkart in mehr oder weniger hohem Ausmaß notwendig, um diesen Glückzustand überhaupt nachempfinden zu können.

Letzhin hatte mein alter Freund noch Gide zitiert: *„Die wahre Seelengröße ist nicht, niemals zu fallen, sondern sich jedesmal wieder aufzurichten!"*

Er starb in doppeltem Sinne plötzlich. Die Möglichkeit, sich wieder aufzurichten, war ihm nicht mehr vergönnt.

Die Wundermedaille mit dem magischen Quadrat werde ich ins Meer werfen. Ich will nicht plötzlich sterben ...

In dieser Nacht fand ich keinen Schlaf. Ich rauchte viel und trank zum Frühstück nur Cognac.

„Eine Schachtel Zigaretten bitte! Oder geben Sie mir lieber Zigarren ... die langen dunklen Brasil, die mein Freund immer rauchte."

„Kommt der Herr heute nicht?"

„Nein, er kommt nicht mehr, er ist abgereist."

Ich wollte die Beileidsäußerungen nicht hören. „Morgen werde ich auch wegfahren."

In der Zeitung entdeckte ich eine sonderbare Nachricht: *Dr. E. Stevens, ein amerikanischer Arzt, stellte bei seinen Untersuchungen an zahlreichen Toten fest, daß die immaterielle Seele ein wägbares Gewicht besitze. Mit Hilfe hyperempfindlicher Waagen konnte er beweisen, daß die Verstorbenen um 20 bis 25 Gramm weniger wogen als zu ihren Lebzeiten.* Wohin die verlorenen Gramme verschwunden sind, konnte Dr. Stevens allerdings nicht herausfinden.

Wozu leben wir?

Alles dreht sich im Kreise, und es ist kein Ende abzusehen. Inflation, steigende Preise, Arbeitslosigkeit, Streiks, Gehaltserhöhungen, Firmen, die pleite gehen, höhere Steuern, und dann fängt wieder alles von vorne an.

Eine ewiger Kreislauf . . .

Nachmittags ging ich meinen Freund auf dem Friedhof besuchen. Zu meiner Überraschung war er neben seiner ersten Frau zur ewigen Ruhe gebettet worden.

Der Weiberfeind hatte einzig und allein diese Frau wirklich von Herzen geliebt. Die Gesellschaft hatte sie ihm genommen, und er rächte sich an ihr, indem er unzählige Ehen zum Scheitern brachte. Vielleicht war auch er ein frommer Mann gewesen; doch mit seinem Wunsch nach einem plötzlichen Tod hatte er es nicht gut getroffen.

Jetzt liegt er hier, in unmittelbarer Nähe der einzigen Frau, die er je geliebt hat, aber was bedeutet das schon? Durch ihn war sie einst wohl in den Tod getrieben worden. Sie hätte ihm alles verziehen, wie nur eine Frau verzeihen kann.

Vor langer Zeit hatte er sie verlassen. Nun war niemand dagewesen, um Abschied von ihm zu nehmen, niemand, der sich über ihn gebeugt hätte mit einem letzten Gruß: „Adieu, Liebling! Gute Reise!“

INHALT